KEIGO HIGASHINO

東野圭吾

作品集

21

同級生

東野圭吾——著

王蘊潔——譯

導讀——

東野圭吾特色的校園推理：《同級生》

推理小說耽讀者／藍霄

目前台灣每個月出版的推理懸疑小說數量，已經不是任何推理小說迷可以當月購買當月看完的年代了。

也就是說，這是個推理小說「分眾出版」的時代。

即便是推理小說耽讀者的我有時也在想，在有限的時間內，我到底每個月優先採看的是哪一類型的推理小說？

觀察台灣關於日本推理小說的出版，東野圭吾長久以來擁有逐漸增加的讀者群，我得承認我應該剛好就是分在這一塊。

東野圭吾的推理小說，目前在台灣的出版情況，就是不分創作時序、新舊雜陳，我個人幾乎就是每本必買（其實沒什麼了不起），每本必讀（這就是有偏愛了），就像是有意無意逐年逐月完成東野圭吾作品大系的閱讀的拼圖。

《同級生》是一九九三年出版的小說，一九八五年東野圭吾以《放學後》獲得第三十一屆江戶川亂步獎而出道，所以以作家的創作歷程來說，《同級生》基本上就是第一期的作品群之一。

推理作家出道，一般來說會描寫自己最熟悉的領域作為登場，《放學後》顧名思義就是校園推理小說，以東野圭吾的學經歷來推測，選擇以校園背景，人物設定單純，社會關係相對平穩，環繞在學園生活青春氣息的活動或是球類體育運動等等要素，一再出現在初期的作品中不難理解，畢竟校園生活是作者與讀者都會有的共同生活經驗，自然容易透過閱讀情境產生共鳴。

然而既然是校園推理，東野圭吾寫的當然不是校園青春小說，推理小說邏輯演繹要素的趣味，才是東野圭吾式的校園推理最醍醐的所在。總結而言，不拖泥帶水的筆觸，以事件進行的轉換，一步步經營小說的謎團，尤其謎底翻轉的樂趣，就是這些作品共同的一貫趣味。

雖然近來的湊佳苗把校園推理推向另一層次的面貌，但是東野圭吾的校園推理，比較特別是，在本格解謎為小說的骨幹之外，讀者隨著作者布局直探結局之後，謎底揭曉凸顯的卻是東野圭吾對於校園推理最咋舌的赤裸裸的設定，這可能是謎底本身，可能是動機，也往往與校園清新最反差的汙穢，相對小說的篇章，東野筆觸關於這小說衍生餘味問題卻不太著墨，似乎在小說閱讀就如同是綠葉的角色。然而，有時候渲染讀者的能力卻比校園推理的詭計謎團揭曉反而更能激起內心的漣漪。《同級生》難得附有一篇作者本身的後記，作者自己剖析對於創作意念，讀者若有機會第二次閱讀《同級生》，當會發現有著不同於第一次閱讀的感觸。

東野圭吾初期作品情節推進清爽直接，閱讀腦力節奏感負擔不重，我想這一直是他的小說吸引人的所在。

如果您喜歡校園推理，那麼東野圭吾創作生涯初期的這類型作品，可以說是不錯的選擇。

東野圭吾筆下的青春殘酷物語……

當你以為那只是你們兩人的秘密，可是一次意外，讓這秘密不得不被公諸於世；你硬著頭皮承認，可是事情的發展卻令你變成了英雄；當你不自覺地沉醉在扮演這個英雄的同時，一宗殺人事件，又把你變成兇嫌……東野圭吾生動地描繪了主角高中生西原這場不一樣的成人禮。寫實得有點殘酷的題材卻又不失本格推理的樂趣；明明是校園推理，可是看完後，卻發現青澀、莽撞、憤怒，可能並不只是青春的專利……

推理作家／**文善**

社會教導我們與人的禮貌，要求我們符合他人（師長、父母、朋友……）的期望，而實際上，面對最真實的自我時，這些話是不是真的想說？是不是真的想做？還是，只是為了別人的期望，扭曲自我？

我們總以為原諒和救贖是別人給予的，但其實真正的救贖，是如何面對自己。

金鐘影帝／**黃河**

裡頭有一段老師對學生說：「如果你不做的話，又會遭人誤解。」我們聽到這種類似的言語時，我們總在選擇，選擇前進抑或後退，同時又希望選擇後能超脫及追求。

老師對學生又說：「只要你……就會讓人覺得已經解決了。」學生說：「從來沒有解決。」

「什麼都沒有解決。」

裡頭大人思維總是認為假裝就能解決問題，而少年總在經歷未知並吸收未知。一本東野圭吾描寫人心複雜面升級的全新力作。

最後我們，理應找到在巨大社會齒輪中自己適合的卡榫的位置。

金鐘獎最佳女配角／**溫貞菱**

contents

序章

在我七歲時，發現春美的心臟破了一個洞。那個洞是天生的。

當時我們全家住在K市，父親的父親建造的那棟房子佔地面積很大，是傳統的平房，附近有很多空地，包括我在內的附近小孩子從來不愁沒地方玩耍。

那是某個夏日的傍晚，我和朋友在空地打完棒球後回到家，發現一歲的春美無力地倒在床上。我一眼就看出她不對勁，她的臉色發紫，手腳微微抽筋。我連棒球帽都來不及脫下，就大聲叫了起來。

母親正在廚房，沒有發現妹妹的異常，聽到我的叫聲，立刻衝了過來。

那次發作只有一、兩分鐘而已，但父母還是很擔心，帶春美去醫院檢查，才終於發現春美的心臟有問題。她的心臟瓣膜上有一個破洞，而且通往肺動脈的出口很狹窄。當時才七歲的我當然不可能瞭解得這麼詳細，只知道妹妹得了什麼重病。直到上了中學之後，才正確地瞭解妹妹的症狀。

父親和母親為發生在年幼女兒身上的不幸難過不已，我看到他們的樣子，也莫名其妙地哭了。只有春美完全搞不清楚狀況，天真無邪地笑著。

那天之後，我們全家的生活發生了改變。除非有什麼特別的事，母親足不出戶，隨時陪在春美身邊。每星期不得不出門買一次菜時，也由父親負責照顧妹妹。父親以前每天晚上都在外應酬、喝酒，星期天也出門去打高爾夫球，但得知春美的身體狀況後，除了工作以外，幾乎都留在家中。

還是小學生的我也力所能及地照顧妹妹。在此之前，我對在一年前出生的這個新家庭成員敬而遠之，覺得她奪走了父母對我的愛，但得知她需要大家的保護和照顧後，便覺得她是無可取代的寶貝。

我完全不知道爸媽和醫生之間是如何討論決定妹妹的治療方針，但事後回想起來，發現應該是「分幾個階段進行手術」。春美在嬰兒時期、幼兒時期分別接受了一次手術，每次她動手術時，全家人都坐在醫院的休息室，感受著好像胸口被勒緊般的不安，等待漫長的手術結束，必須在不斷祈禱春美的小生命平安無事的同時，做好萬一發生意外時的心理準備。聽到醫生口中說出「手術很順利」時，忍不住喜極而泣地說：「啊，太好了。」

我和其他同學一樣，在正常的學校生活以外，只要和春美在一起，凡事都以她為優先。她說想出去玩，就帶她去公園；無論她想吃什麼，就立刻送到她面前。因為我不知道春美可以當我妹妹多久，也就是說，我不知道她可以活多久，所以迫不及待地為她奉獻，而且，她是一個心地善良的女孩，值得別人為她那麼做。

就這樣過了十年，春美在我們打造的溫室中勇敢成長，而且越來越漂亮。但是，不能掉以輕心，因為還有最後的手術等待著她，而且那是最大的一場手術。只有順利度過這個難關，我們的努力才能獲得回報。

幸好我的身體很健康，所以更加同情春美。她並沒有做錯任何事，卻因為「天生」的境遇，無法和大家一樣蹦蹦跳跳、踢球玩耍。

「沒辦法啊，這是天生的。」

春美總是一臉開朗的表情對我說。每次聽到她這麼說，就覺得換成是我，可能無法像她這麼豁達，一定會痛恨讓我落入這種境遇的人。

沒錯。

春美的不幸並非偶然的產物。她是那些貪婪的人醜惡競爭下的犧牲品，當我得知這個真相時下定了決心，絕對不原諒他們，有朝一日，我要向他們復仇，讓他們跪在春美面前——

第一章

1

宮前由希子在五月中旬的星期一死了。

但我在隔天的星期二才得知這個消息。

那天，我一無所知地到了學校，看到幾個女生在教室裡抽抽搭搭地哭泣，也有好幾個男生神情凝重地聚在一起說話。

「發生什麼事了？」

我問其中一個同學，那個同學小聲地回答：「聽說二班的宮前死了。」

我的心臟感到一陣鈍痛，內心祈禱著自己聽錯了，向那個同學確認：「你說誰死了？」

「宮前啊，就是頭髮到這裡的那個女生。」他用手比在肩膀的位置後，看著我的臉說：「對了，她不是你們球隊的經理嗎？」

我沒有回答他的問題，立刻衝出教室。來到二班的教室，發現教室裡有更多女生在哭泣。我從她們的態度知道，那個不吉利的消息並非空穴來風。我感覺到自己心跳加速，耳朵也嗡嗡作響，在教室內尋找椙崎薰的身影。但她不在教室內，我問了旁邊的女生，薰去了哪裡。那個眼睛和鼻子都哭紅的女生告訴我，薰可能在教師辦公室。

我走去教師辦公室時，在走廊上遇到了楢崎薰。她圓圓的臉頰很紅，一路目不斜視地快步走來，如果我不叫她，她可能走過我身邊也不會注意到我。

「啊，西原，你聽說由希子的事了嗎？」她一看到我的臉，似乎又想哭了。我之所以說「又」，是因為她的眼睛看起來已經哭過了。

「聽說了。」我回答說。

「我無法相信。這到底是怎麼回事？到底發生了什麼事？」楢崎薰把眉毛皺成了八字形。

「不知道。」她搶先問了我想問的問題，我只好對她搖頭，「她真的死了嗎？」

「真的，好像是真的，因為老師也在討論這件事。」薰似乎忍不住流了淚，慌忙拿出了手帕。

「到底是哪個老師說的？」我在老師的「老」字時加強了語氣。我向來討厭所有的老師，想到有老師散布宮前由希子死訊這種負面消息，更讓我痛恨他們。

聽楢崎薰說，二班的值日生去教師辦公室拿日誌時，從副班導師的口中得知了由希子的死訊。

「沒說原因嗎？」

「沒有，好像他也不知道。」

一定在隱瞞。我忍不住想。這些老師遇到這種情況，都會先隱瞞真相。

「西原，為什麼？由希子為什麼會死？」楢崎薰用手帕擦著眼睛，聲音微微發抖，「她不是好好的嗎？不久之前，不是還好好的嗎？」

其他班的同學剛好經過，好奇地看著我們。我狠狠地瞪了他們一眼，但我很清楚，自己此刻的眼神完全沒有威力。

鈴聲響了，我們走回各自的教室。班上的女生在討論由希子的死訊，我問她們是否瞭解詳情。

「完全不知道，但校方好像很慌張。」一個理著像男生一樣短髮的女生小聲告訴我。

「慌張？」

「我看到學生輔導室的人神色緊張地在教師辦公室進進出出，我猜想可能和宮前的事有關。」

「是喔……」我搞不懂為什麼學生輔導室的老師要為由希子的死奔走。

「她不是棒球隊的經理嗎？你是棒球隊隊長，有沒有接到什麼通知？」

「完全沒有。」

「是喔。嗯，也有可能。」

不一會兒，我們的班導師走進教室。班會時間除了點名以外，幾乎沒有任何意義。我們的班導師是名叫石部的國文老師，瘦巴巴的，站起來彎腰駝背，一副窮酸相。說話也口齒不清，好像把話含在嘴裡吐不出來。

我以為他會提宮前由希子的事，但石部嘀嘀咕咕說了一大堆無關緊要的事。什麼放學後要直接回家，不要在外面亂逛；有人把可樂罐丟在校園角落，裡面還有菸蒂。

「各股長有什麼事情要通知大家嗎？」石部說完一大串無聊的話後，形式化地問道。擔任保健股長的男生舉了手，一臉不耐煩地告訴大家驗尿的注意事項，有一個學生說了關於尿的笑話，幾個學生跟著笑了起來，但大部分人一臉無趣地無視那個玩笑。

保健股長的報告結束，石部準備走出教室時，好像臨時想起似的說：「二班的同學發生了車禍，請各位同學也要小心。」

教室內立刻喧譁起來，但石部已經走出了教室。

心不在焉地上完第一節課後，我去了二班的教室。我在教室門口向內張望，楢崎薰看到了我，吸著鼻子從教室裡走了出來。

「聽說是車禍。」我說。

「是啊，是車禍。」薰用手帕捂著眼睛說道，她的手帕已經濕透了，恐怕無法再吸收一滴眼淚。「山田說，昨天傍晚，她衝到馬路上，被貨車撞到。」

山田是二班的副班導師。

「地點在哪裡？」

「不知道。」

「由希子又不是小孩子，為什麼會衝到馬路上？」

「不知道。」

「什麼都不知道，」我忍不住咂著嘴，「妳沒有問山田嗎？」

「問了啊，我問了他很多問題，但他除了由希子死了以外，什麼都沒說，只說目前還不太清楚具體情況。怎麼可能嘛？他們只是不想告訴我們而已。」薰頻頻拭淚，氣鼓鼓地說。

「有沒有人知道是怎麼回事？」

「不太可能，畢竟連我也不知道啊。」

薰說得很有道理，我看著她的臉點了點頭。

「今天晚上是守靈夜。」薰停頓片刻，讓心情平靜後說道：「你也會去吧？」

「在由希子家嗎？」

「在她家附近的寺院，等一下我再告訴你地點。」

「拜託了，」說完之後，我也嘆了一口氣，「今天球隊的訓練只能暫停一次了。」

「所有隊員都要去守靈夜嗎？」薰露出球隊經理的表情問。由希子死後，她必須一個人扛起球隊經理的工作。

「想去的人去就好，守靈夜只是形式而已，但即使在這種時候訓練，恐怕也無法專心。」

「當然不可能專心。」薰用力擤著鼻涕。

回到教室時，發現川合一正坐在我的座位上。他是棒球隊的王牌投手。

「有沒有打聽到什麼消息？」川合兩條細腿放在我桌上，雙手抱在腦後問我，他的臉色很不好看。

「聽說是被貨車撞到。」

「是嗎？」川合盯著我的臉看了半刻，然後收起放在桌上的雙腿站了起來。「是不是有守靈夜？」

「對，今天晚上。」

「你要去的時候叫我一聲。」川合說完，走出了教室。他的背影比在被迫替換下場，離開投手丘時更落寞。

之後的課也像往常一樣在無聊中度過，唯一的不同，就是老師的閒聊廢話變少了，但也並沒有太明顯的差異。

放學前的班會時間，班導師石部稍微說明了宮前由希子的死。她在放學後沒有直接回家，在路上發生了車禍，所以叫我們放學後不要到處亂走。

石部在黑板上寫了守靈夜的寺院地址，但只有少數人抄下地址。

2

守靈夜從當天傍晚六點開始，以十六名三年級生為主的棒球隊隊員幾乎全數參加了。不光是和宮前由希子相處多年的三年級生，就連二年級生和今年春天剛加入棒球隊的一年級生臉上的表情，都比在公式賽中被打出再見逆轉全壘打時更加愁眉不展。如果死的不是女生的經理，而是某一個隊員的話，大家恐怕不會這麼難過吧。搭電車前往會場時，就好像已經在參加守靈夜了。

來到宮前家祖墳所在的寺院，發現很多同學都已經到了。雖然有幾個女生仍然拿著手帕擦眼淚，但大部分人已經從失去同窗的打擊中站了起來，就像在星期一參加朝會一樣，三五成群地聚在一起聊天，甚至有不少人忘了眼前的場合，毫無顧忌地大聲笑了起來。

「這些人是幹嘛？一點都不難過，來參加什麼守靈夜啊。」楢崎薰狠狠瞪著他們說道。

「這麼說的話，大部分人都得離開了。」捕手吉岡良介彎下高大的身體，用手捂著嘴巴說道。

「那就離開啊，反正他們在這裡也只是礙眼。」薰說得更大聲了，似乎故意說給那些人聽。

「喔，灰藤老頭在那裡。」吉岡指著前方。順著他的手望去，看到一頭花白頭髮向後梳，看起來不像是老師，更像是黑心律師的乾瘦男人站在寺院入口。

我忍不住沮喪起來。「為什麼那傢伙會在這裡？」

「絕對是為了監視學生啊，他的眼神和在學校時一模一樣。」

薰說的沒錯，灰藤鬆弛的眼窩內那對混濁的眼珠子骨碌碌轉動的樣子，和在校門口檢查學生服裝時一模一樣。

「既然那個老頭在，那個嫁不出去的老太婆一定也在。」吉岡四處張望著，「看吧，我就知道。」

一個女老師歇斯底里地尖叫著，叫三五成群的學生趕快來排隊。

「趕快來排好，不要站在那裡閒聊了。既然想要悼念宮前同學，就請你們保持安靜，不然對家屬太失禮了。這位同學，趕快把釦子扣好，還有你，怎麼沒穿白色的襪子？」

這個瘦得像雞骨一樣中年女人叫御崎藤江。她每說一句話，脖子上就爆著青筋，皺起眉頭，所以眉間刻下了很深的皺紋。學生都私下議論說她還沒來得及結婚，就已經從女人的身分畢業了。御崎和白頭髮的灰藤被我們稱為修文館高中的「老頭子」和「老太婆」，他們都是學生輔導室的老師，學生輔導室全都是一些嫉妒我們年輕的老頭子、老太婆。

御崎藤江走到我們面前。

「你們是棒球隊的吧？隊長是誰？」

「我。」

「是嗎？你知道怎麼上香嗎？」

老太婆，妳把我當三歲小孩嗎？我默默點了點頭。

「上完香之後，所有人馬上回家，絕對不要在外面閒逛。」

御崎藤江在說「絕對」這兩個字時特別用力。她吐出來的氣中有醃黃蘿蔔的味道，我忍不住把頭轉到一旁。

「老太婆真囉嗦，她把由希子的守靈夜當成什麼了！」御崎藤江離開後，不知道什麼時候來到我身旁的川合一正嘀咕道。

我們排了長長的隊伍為由希子上香。兩人一組走上台階上香，我和川合同組。

當我合掌閉上眼睛時，由希子的臉龐突然閃過我的腦海。她微張著粉紅色的嘴唇小聲地問我：「你是認真的吧？」

你是認真的吧——

和那個時候一樣，我覺得內心隱隱作痛。

我擔心默哀太久會引人懷疑，所以很快把手放了下來，張開眼睛時，意外發現川合仍然在合掌默哀。

上完香之後，我們在負責守靈夜的大嬸引導下，走進一個準備了茶和點心的房間。那裡也有學生輔導室的老師，我們才喝了一口茶，就催我們趕快回家。我故意慢條斯理地喝完第一杯，又接著喝了第二杯。棒球隊的其他隊員也不理會不停地大呼小叫的老師，大口吃著點心。當我們離開時，盤子上的點心全都吃完了。在一旁幫忙的大嬸驚訝地叫著「啊呀啊呀啊呀」，慌忙補充了新的點心，但臉上沒有絲毫的不悅。如果準備的食物還剩下一大堆，喪家恐怕會更難過。

「我想再留在這裡一會兒。」走出寺院解散後，川合一正走到我面前說。

「再留一會兒？」

「守靈夜不是應該守一整晚嗎？但我不可能一整晚都在這裡，所以再多留一會兒。」

「喔。」我原本打算敷衍說，那我也等一下再走好了，但說出口之前，還是把話吞了下去，「小心肩膀別著涼了。」

「我知道，又不是小孩子了。」

我點了點頭，轉身離開了，但還是回頭看了一下。川合倚在寺院的圍牆上仰望著天空。

回程的路上，中途和楢崎薰搭同一班車。

「球隊經理用的日誌還在由希子那裡，等忙完這一陣子，我要去她家拿。」薰握著吊環，木然地看著窗外說。

「妳接下來會很辛苦。」

「那倒沒什麼，反正一年級的時候也是我一個人。只是真的——」

她沒有說下去，我猜想她要說「很難過」。

我們一年級的時候，楢崎薰來當我們球隊的經理。她只負責收社費、把訓練內容寫在海報紙上，和寫球隊日誌而已，而且很難得有女生會記錄棒球記分簿，但她絕對不幫隊員洗制服或是打掃社團活動室。

「經理的工作是管理球隊，讓球隊可以順利營運，並不是打雜的，當然更不是你們的太太，所以不會幫你們洗內褲。如果你們不願意，那我就不當了。」她對當時的隊長說，球隊好不容易來了一個女生，隊員擔心惹火了這萬綠叢中的一點紅，所以答應了她提出的所有條件。

這是修文館高中棒球隊第一次有女生擔任經理，薰雖然個子嬌小，但一雙長睫毛的大眼睛很迷人，以她的容貌，如果要稱她為偶像，似乎也沒有太大的不妥。

我們升上二年級時，宮前由希子也受楢崎薰之邀，來球隊當經理。她皮膚白皙，文靜乖巧，比起當棒球隊的經理，她更適合參加茶道社、插花社或是文藝社。她身材苗條，明眸皓齒，立刻有幾名學長向她獻殷勤，但她沒有和任何人交往。即使有非球隊的人向她表白，她也沒有接受。

我知道其中的原因，卻不能告訴任何人。

「川合果然喜歡由希子。」楢崎薰小聲嘀咕道，她似乎也在想同一件事，「他好像很受打擊。」

「每個人都很受打擊啊。」

「你也是嗎？」

「對啊。」

薰用一雙大眼睛打量著我的臉，然後小聲地說：「是喔。」

我正想問她是什麼意思，薰看向我的後方。回頭一看，發現水村緋絽子站在那裡。

「你剛才去守靈夜嗎？」緋絽子的眼睛讓人聯想到矯情的貓，她直視著我問。

我的身體微微後退，努力讓自己面無表情。「是啊，妳也是嗎？」

「對，我二年級時和由希子同班。」她一雙褐色的眼睛看著我，一動也不動。

「剛才在寺院沒看到妳。」

「我很早就上完香了，然後在喝茶。」緋絽子的視線終於從我的臉上移開，看向薰，「楢崎，妳和宮前同一班吧？妳知道關於車禍的詳細情況嗎？」

「幾乎一無所知。」薰回答，「妳有聽說什麼嗎？」

緋絽子想了一下，瞥了我一眼，搖了搖頭說：「不知道。」

「是喔。」薰微微點頭，看向窗外。

三個人都沉默不語，氣氛變得很凝重。

「我好像打擾你們了，那我去那裡。」緋紹子說完，轉身走去隔壁車廂。從車窗吹進來的風吹動著她烏黑的頭髮。

「我不喜歡她，」完全看不到水村緋紹子的身影後，薰對我說：「她有一種好像女王的氣勢，讓人難以接近。」

「裝模作樣吧，大家都這麼說。」我表現出毫無興趣的態度說，但是，我不得不承認，在說她的壞話時，有一種好像在按壓發痛的智齒般的快感。

「她爸爸是東西電機的專務董事，家裡很有錢，而且又那麼漂亮，裝模作樣也情有可原啦。」薰說完這句話，好像突然想到了什麼，皺著眉頭問：「她為什麼會和你打招呼？你們沒有同班過吧？」

「喔……那倒沒有，只是之前曾經說過話。」我無法一下子說出像樣的回答，內心忍不住有點焦急。薰滿臉訝異地說了聲：「是喔。」

不一會兒，就到了薰要下車的那一站。

「那就明天見。」

「嗯，振作一點。」

薰聽了我的話，嘴角微微笑了笑說：「是啊。」然後就下了車。

車廂內沒什麼人，我找到座位後坐了下來，閉上眼睛，思考著宮前由希子和川合一正的事，突然有人坐在我旁邊。我有一種異樣的感覺，斜眼看了一下，發現是水村緋紹子，頓時坐立難安起來。我和她接觸的部分漸漸發燙，腋下滲出了汗。

「我剛才說了謊。」緋紹子看著前方說。

「說謊？」我轉頭看著她問：「說什麼謊？」

「關於車禍，我說什麼都不知道，其實我可能知道你們不知道的事。」

「我聽說由希子衝到馬路上，撞到貨車，難道不是嗎？」

「沒錯，就是你說的那樣，」水村緋紹子緩緩轉過頭。我們的視線交會，但我先移開了視線。

「只不過，」緋紹子說：「她並不是處於普通的狀態。」

「什麼意思？」

緋紹子沒有馬上回答，電車即將抵達下一站，我著急起來。因為她要在下一站下車。

「什麼意思？」我又問了一次。

「由希子她，」緋紹子在站起來的同時小聲說：「她懷孕了。」

「啊！」我抬起了頭。

「是真的。」她低頭看著我說完這句話，走向車門。

3

從車站走路到我家差不多十分鐘，在這片規劃得很整齊的住宅區內，有幾十棟類似的房子，我家就是其中的一棟。

一打開門，看到玄關有一雙嶄新的女式球鞋。我立刻知道是誰的鞋子，慌忙脫下鞋子。

「不是明天才出院嗎？」一走進客廳，我立刻問。

妹妹春美坐在沙發上，和父親一起拼拼圖，母親正在廚房做飯。

「哥哥回來了。因為我精神很好，所以就提前一天出院了。」春美微笑著回答。她細得像樹枝般的手腳、缺乏圓潤感的臉頰和蒼白的膚色稱不上是健康，但臉上的表情的確很有精神。

「那學校呢？」

「明天在家休息一天，後天開始上課。爸爸說，他會送我。」春美興奮地說。

「爸爸，你沒問題嗎？公司怎麼辦？」我問正把玩著拼圖片的父親。

「一天的話沒關係。」父親背對著我回答。每次提到春美，他就背對著我。

「莊一，你有沒有撒鹽？」母親從廚房走出來，「你不是去參加守靈夜嗎？」

「撒了。」我才懶得做這麼麻煩的事，但怕母親繼續囉嗦，所以就隨口回答。而且，我也不希望現在提守靈夜的事。

「誰死了？」春美果然好奇地問。

「那個啦，」我決定向她隱瞞實情，「我同學的奶奶死了，九十歲，衰老死亡。」

「是喔。」春美完全沒有起疑心，嘟著嘴點了點頭。

「啊啊，對了，上次和妳提到的那本小貓的寫真集我借回來了，放在我房間，妳要不要來看？」

「哇，真的嗎？」春美雙眼發亮，「等我拼完之後就去，馬上就拼完了。你看，是不是很漂亮？爸爸幫我買的。」

拼圖盒子上是一艘浮在海面上的白色帆船，一個穿裙子的女生站在船頭。

「真漂亮。」我故意冷冷地說。比起拼圖，春美絕對更喜歡小貓的照片，她一定是為了顧及父親的心情，才會這麼說。春美就是這樣的女孩，照理說，她應該憎恨父親，但她完全沒有這種想法。

回到自己的房間後，我沒有換衣服就倒在床上，水村緋紹子說的話好像不斷重播的錄音帶般在我腦海中響起。

由希子懷孕了——懷孕、孩子。

緋紹子不可能胡說八道，她沒必要說這種謊。

我覺得胃很沉重，心裡好像有一塊巨大的石頭，從內側不斷刺激我的神經。

如果懷孕的事是真的，這件事和這起車禍有關係嗎？況且，緋紹子怎麼會知道？是由希子告訴她的嗎？但我從來不知道她和宮前由希子的關係這麼好。

我坐了起來，從書架角落抽出寫真集。那是一個星期前，我向宮前由希子借來的，打算給春美看的小貓寫真集。

「我可以送你。」那天，由希子把書給我時說。

「但妳不是很珍惜這本寫真集嗎？」我知道這本寫真集是由希子的父親去國外時買

回來送她的。

「是啊，但如果是春美，即使送她我也不會捨不得。」由希子抬眼看著我。我知道她的眼神所代表的意義，更不願意接受她的好意。

「我會還妳，」我說：「等我妹妹看完之後，馬上就還妳。」

「是嗎？但不必急著還啦。」由希子微笑著說。

那時候，她知道自己懷孕了嗎？我對女人的身體不太瞭解，所以不是很清楚，但照理說不可能完全不知道。她知道自己懷孕，然後對我露出那種笑容嗎？

我再度覺得胸口發悶。

晚餐後，春美來到我房間。

春美看著寫真集，不停地叫著：「好可愛。」她好幾次在我比賽的時候來加油，楢崎薰和宮前由希子都很喜歡她，正因為這個原因，我不想今天告訴她由希子的死訊。我決定暫時不說。

「今年有機會去甲子園嗎？」春美抬頭問我。

我苦笑著說：「老實說，不可能，但我們會努力啦。」

「去年是在第三輪比賽中輸了？」

「第二輪就輸了，不好意思。」我們球隊去年的實力差不多就是這樣。

「但今年有川合哥哥這個王牌投手吧？」

「他再怎麼厲害，也沒辦法壓制住強隊，很多私立學校的球隊都很強。我們的目標是希望能打進第三輪啦。」

「聽起來好像沒什麼指望。」春美嘟著嘴，再度低頭看照片。

她因為無法運動，所以特別關心我這個哥哥在棒球場上的活躍程度。她尤其喜歡夏季的高中棒球大賽，去年我們修文館高中在參加地區預賽時，她每場必到，都坐在看台上觀賽。每次得分，她立刻欣喜若狂，陪在一旁的母親從頭到尾都提心吊膽，擔心對她的心臟造成負擔。

「哥哥，你有沒有交到女朋友？」春美露出調皮的神情問。

「為什麼突然問這種事？」

「交不到嗎？真沒用。」

「我只是沒空交女朋友而已。等退出棒球隊，來認真找一下好了。」

「不可能，等你退出棒球隊，不就要考大學了嗎？」春美用雙手比出手槍，假裝射我。「你和那個姊姊怎麼樣了？很久以前，你不是跟我說，有一個超漂亮的姊姊嗎？」

「我有說嗎？」

「有說啊。啊，你在敷衍我。」

「才沒有。我喜歡的美女有好幾個，但沒有和任何人交往。真的啦。」我故作平靜地回答。

「是喔。」春美闔起寫真集，拿著寫真集站了起來，「這是球隊經理借給你的吧？是薰姊姊？」

「不，是由希子。」我努力掩飾著慌亂回答。
「是喔，原來是她。我就知道。」
「妳就知道什麼？」
「因為，」春美吃吃笑了起來，「她不是喜歡你嗎？」
我的心臟用力跳了一下。「妳在胡說什麼啊，沒這回事。」
「咦？沒有嗎？我覺得我沒有說錯。」
「妳錯了，別胡說八道了。」我忍不住大聲起來。
「你這麼緊張，一定有鬼。不過，算了。」春美把寫真集抱在胸前，「這個先借我。」
說完，她走出了房間。
我躺在床上，春美的話一直在耳邊縈繞。她不是喜歡你嗎？
我回想著宮前由希子，但回想起來的並不是和她之間的對話，而是她頭髮柔軟的觸感，和手掌的感覺。內心深處漸漸湧起某種情愫，最後變成了淚水，濕了我的雙眼。我對自己不是冷血動物感到安心的同時，也為自己想要靠這幾滴淚水獲得免死金牌陷入了自我厭惡。

4

得知宮前由希子死訊的第二天，學校內的嚴肅氣氛已經消失了，就連由希子所在的三年二班教室也傳來了笑聲。對現在的學生來說，同學的死只是這種程度的事。

但是，從今天早上開始，不時聽到一些令人在意的傳聞。傳聞的內容和水村緋紹子告訴我的事完全一致，也就是說，宮前由希子似乎懷孕了。

我周圍沒有人知道傳聞來自哪裡，但因為是容易讓學生熱中的八卦，所以傳播的速度令人驚嘆。上午還只有少數人在耳語，午休的時候，已經成為大家討論的絕佳話題。話題的焦點當然是由希子懷了誰的孩子。我沒有加入這些討論，但當然不是因為沒有興趣，而是在心裡思考確認懷孕這件事的方法。

我在食堂吃漢堡排套餐時，發現有人站在我面前。抬頭一看，川合一正愁容滿面地低頭看著我。

「吃完飯有事嗎？」他問我。

「不，沒什麼特別的事。」

「那陪我一下，我有事找你聊聊。」

我立刻知道，他要和我聊傳聞的事。

走出食堂後，我們繞去體育館後方。聽說以前經常有學長把學弟帶去那裡教訓一頓，不許他們行為太囂張，如今很少聽到這種事。

「你覺得傳聞是真的嗎？」川合靠在建築物的牆上問道，他全身散發的氛圍讓我不敢裝糊塗問他，到底是哪一個傳聞。

「可能是真的。」我回答。

川合看著我問：「你為什麼這麼覺得？」
「如果是假消息，似乎太突兀了。」
「無風不起浪……嗎？」
「是啊，而且如果是造謠，未免太惡劣了。如果是由希子的仇人，就另當別論了。」
「嗯，」川合用球鞋踢著地面，「我也這麼認為。」
「所以呢？」我催促他說下去。
川合雙手插在口袋裡慢慢走了起來，他以我為中心，在半徑三公尺的範圍移動，回到原來的位置後停下了腳步，低著頭小聲地說：「雖然我覺得沒必要特別說出來，但我喜歡由希子。」
他的確不用說，我也知道。我默默點著頭。
「但是，世事無法如意，她對我完全沒感覺。」
「她不至於討厭你。」
川合撇著嘴唇笑了起來，「別說這種沒意義的話。」
我覺得他的話很有道理，所以回答說：「是啊。」
「由希子喜歡你，」川合抬起頭直視著我，「你應該也知道吧？」
我不知道該怎麼回答，所以沒有吭氣。
「西原，」川合叫了我一聲，「請你對我說實話，如果傳聞是真的，你知道是怎麼回事嗎？」

我看著川合的眼睛，他的眼珠子好像凝固般一動也不動。

「為什麼這麼問？」我反問他，「知道這件事，對你有什麼好處嗎？」

「我只是想知道而已，如果和由希子在一起的人是你──」川合嚥了一下口水，然後繼續說：「如果是你，我可以原諒。因為這也是無可奈何的事，就這麼簡單。」

「是喔……」

「你會覺得我不像男人嗎？」

「不，」我搖了搖頭，然後看著他的眼睛說：「如果傳聞是真的，小孩子的父親──」我呼吸了一下，繼續說了下去，「應該是我。」

有好幾秒的時間，川合沒有任何反應，然後才開始慢慢吸氣。他把吸入的氣慢慢吐出後，點了兩、三次頭。

「是喔。」川合發出低沉含糊的聲音，然後低著頭，有好一陣子沒有動靜。

我猜想他可能會打我。我做好了心理準備，如果他打我，我不會閃躲，讓自己挨他的拳頭。雖然如果被人看到這一幕有點麻煩，但只要小心不被人看到，事後我不說出去，就不會有問題。唯一擔心的是，川合應該不會用左手打我吧。目前是重要時期，一旦本隊王牌投手慣用手的手指受了傷可是大事。他用哪一隻手揍我？我注意觀察著他。

川合抬起頭，向我伸出左手。我渾身緊張，他把手放在我肩上。

「我知道自己問了討厭的問題，你不要放在心上。」他說。

「你不揍我嗎？」

「揍你？」川合瞪大了眼睛，「你說我揍你嗎？為什麼？」

「為什麼……」

川合收起放在我肩膀上的手苦笑說：「我並沒有對你生氣，由希子又不是我的女朋友。老實說，我鬆了一口氣。」

我聽不懂他這句話的意思，忍不住偏著頭看他。

「我很慶幸她和你在一起，如果不是你，就代表我對由希子一無所知，這也未免太窩囊了。而且——」川合用小指抓了抓臉頰。我有點驚訝，因為這是他害羞時的動作，「而且，我覺得這樣對由希子也比較好，因為她和喜歡的男生在一起。」

聽到他這麼說，我無法不承受良心的呵責，我無法正視川合的臉，只好看向遠方。

「由希子沒有告訴你懷孕的事嗎？」

「她沒說。」我回答。

「所以，你也是聽了傳聞才知道。」

如果現在提水村緋紹子的名字，會把事情變得很複雜，所以我回答說：「是啊。」

「很像她的作風，」川合嘆著氣說，他口中的「她」是指由希子，「她可能不想給你添麻煩，自己去處理。」

「可能吧。」正因為這樣，所以才更加難過。

「我聽說由希子是在放學後，去婦產科的途中發生車禍。」

「我沒聽說，」我說：「是真的嗎？」

「八成是真的。車禍發生的地點在由希子家的反方向，如果是去醫院，就很合理了。」

真可憐，我忍不住想。也許她滿腦子都想著懷孕的事，沒有察覺貨車開過來。

「話說回來，」川合嘟囔著，「這個傳聞到底是從哪裡傳出來的？」

「不知道……」我也忍不住偏著頭。雖然想到水村緋紹子，但她不會散播傳聞，昨天她在楢崎薰面前也沒有提這件事。

但是，我有必要去問緋紹子。

午休結束的鈴聲響了，我們走去教室時，川合叫住了我。

「等一下，我要再問一個很不像男人的問題。」

「什麼問題？」

「那你呢？」

「我怎麼樣？」

「你喜歡由希子嗎？」

我看著川合的臉，他銳利的眼神讓我有點畏縮。

「對，」我點了點頭，「喜歡啊。」

川合的肩膀頓時放鬆了。

「我想也是。對不起，問你這些無聊的問題。但如果你不是這麼回答，這次我可能會揍你。」

我知道自己臉色發白，為了掩飾自己的窘態，我故意用戲謔的口吻問：「要用左手嗎？」

「當然用左手。」川合在眼前握起拳頭說。

5

我這輩子可能都不會忘記，那天是三月三十日。

春假時，棒球隊也要照常訓練，時間從早上九點到下午三點。決定這件事的不是別人，正是從去年秋天開始擔任隊長的我。

訓練結束後，我獨自留在活動室內整理記分簿。雖然並不是非得在那天整理，只是那一陣子我不想在訓練結束後馬上回家，但又不想和隊友一起去閒逛。

所以，我在整理記分簿時，並沒有很專心，不時玩一下藏在置物櫃裡的遊戲機，聽聽收音機打發時間。

我一直在社團活動室耗到五點多，關上門之後，經過操場走向正門。足球隊的人還在操場上練習。

快走到大門時，發現宮前由希子走在前面，身旁並沒有和她形影不離的栖崎薰。

我加快腳步追了上去，叫了她一聲：「妳剛才在哪裡？」

由希子停下腳步，回頭看著我：「喔……我在圖書室。」

她回答時的語氣和平時沒什麼兩樣，所以我有點驚訝。因為我突然從後方叫住她，我以為她會更驚訝。

「春假圖書室也有開嗎？」

「有啊，你從來不去，所以不知道。」

「我從來不看書。」

我們並肩走在一起，走著走著，突然覺得由希子可能是在等我。因為她並沒有問我留到這麼晚的原因，而且，圖書室可以看到下方的運動社俱樂部，棒球隊的活動室也在其中。

去年秋天開始，我隱約感覺到由希子似乎喜歡我，但並沒有明確的證據，她當然也沒有向我表白。只是從她平時不經意的態度，以及和我相處時的感覺，可以隱約察覺到她的心意。一開始我以為是自作多情想太多，漸漸覺得如果只是我自作多情，很多事解釋不通。而且，楢崎薰的行為也成為證據之一。因為她總是刻意安排我和由希子獨處，也許她察覺到由希子的心意，所以貼心地為她製造機會。

球隊上有不少隊員喜歡由希子，只是可能沒有川合這麼強烈，她也的確具有這樣的魅力，所以我應該算是幸運的人。被她喜歡當然不可能不高興，卻完全沒有想過要和她交往，這麼做當然是有原因的。

但是，那一天，這個原因消失了。也許應該說是剛好消失了。事實上，這也正是我不想回家的原因。

因為那天剛好是這樣的日子，所以我沒有直接走去車站，而是問由希子：「要不要喝杯咖啡再回家？」

「嗯。」她幾乎毫不猶豫地回答，她的雙眼比雙唇更充滿喜悅。看到她的反應，我不由地覺得自己很卑鄙，但也因此產生了優越感。

我們走過車站，走進熱鬧的商店街內一家兼賣蛋糕的咖啡店。客人中，只有我們兩個人身穿制服。

我們聊了一會兒球隊和隊員的事，之後一如往常地抱怨對學校和老師的不滿，也稍微提到了升學的事。由希子說，她想讀外文系，以她的成績，完全有資格說這種話。

這家咖啡店的咖啡續杯有折扣，我點了第二杯後，宮前由希子說：「你這一陣子有點奇怪。」

「哪裡奇怪？」

「總覺得有點不對勁，訓練時也怪怪的，經常發呆，而且話也變少了。」由希子抬眼看著我，「發生什麼事了嗎？」

「我和之前沒什麼兩樣啊。」

「不可能——和春美有關嗎？」

「與她無關，妳不要亂說話。」

我忍不住大聲說道，由希子的身體抖了一下，隨即垂下眼睛。看到她沮喪的樣子，我發現自己剛才說話的態度太不善解人意，同時也再次意識到她真心喜歡我。正因為這樣，她才會發現我那一陣子不對勁，也正因為發現了我的不對勁，所以看到我留在社團活動室沒有回家，特地留下來等我。
「妳為什麼會覺得和春美有關？」我用溫和的語氣問。
「嗯……只是這麼覺得。」
「是喔……」我用指尖摸著裝了冰水的杯子上的水滴，「妳說對了。」
「啊？」由希子抬起頭。
「的確和春美有一點關係。」
「是嗎？」她小聲地問：「她怎麼了？」
「嗯，不太好說。」
「喔……」
第二杯咖啡送了上來，我加了牛奶，用茶匙不停地攪動著。我們兩個人都沒有說話。
「妳爸爸在做什麼？」我問她。
不知道是不是因為突然改變了話題，她一臉驚訝。「做什麼……」
「職業，妳爸爸做什麼工作？」
「喔……普通的上班族，類似業務的工作。」
「是喔，真好。」我順口說了這句話。
「你爸爸不是自己開公司嗎？」由希子把雙手放在屁股下，搖晃著身體看著我，「是不是叫西原製作所？」
我喝了一口咖啡，撇著嘴角說：「小公司而已，和社區工廠差不多，專門承包大公司的生意，我爸爸整天都在討好客戶。」

「我爸爸也一樣啊。」

「但妳爸爸不會為了工作犧牲家人吧？」

「是啊……」由希子不置可否地說完，用試探的眼神看著我問：「所以，你心情不好也和你爸爸的工作有關嗎？」

我拿著咖啡杯猶豫了一下，有一種想把內心的疙瘩一吐為快的衝動，但最後還是克制了。

「不談這些了。總之，家裡發生了不愉快的事，心情很煩躁。」我喝了一口咖啡。

「你訓練完不馬上回家，也是因為這個原因嗎？」

「是啊，因為我不想回家，」我皺著眉頭，「其他人遇到這種情況，應該知道很多散心的方法，像是去跳舞或是ＫＴＶ之類的。」

「你沒去過這種地方嗎？」

「不至於沒去過，只是不太喜歡那種地方。」

「別去那種地方，那裡不適合你。」

「因為我是鄉下人，所以很土。」棒球隊的人都知道，我讀中學時才搬來這裡。

「我不是這個意思，」由希子一臉認真地搖著頭，「我覺得你打棒球的時候最帥。」

被她這樣當面稱讚，我有點不知所措地看著她。

「我是這麼認為的。」由希子又說了一次，眼眶有點紅紅的。

我大口喝著杯子裡的水，毫無意義地巡視著周圍，看到旁邊架子上放著體育報。

「其實看電影也不錯，可以打發很多時間。」雖然是臨時想到，但我覺得這個主意不錯。

「但你穿制服去看電影不好吧。」

「這一點就不必擔心了。」我拍了拍放在一旁的運動袋，「我隨時都帶便服，以便放學後去閒逛。」

「啊，你這個壞學生。」

「這種事根本沒什麼啊——那我該走了。」我拿起帳單站了起來。

「呃……那個，」由希子叫住了我，「我要不要也一起去呢？」

我有點意外，眨了眨眼睛。「我不介意啦，但妳穿著制服不太妙吧。」

「等我一下。」說完，她拿著書包離開了座位。她似乎去廁所。

幾分鐘後，當她走回來時，換了一件紅色開襟衫。因為顏色很鮮艷，就連下半身的灰色百褶裙看起來也不像是制服的裙子。而且我這時才發現，她的裙子比校規規定的短很多。

「這樣就可以了吧？」由希子有點害羞地問。

「妳自己也帶了便服，剛才還說我。」

「女生當然需要啊。」

由希子轉身走向門口時，裙子微微飄了起來。因為換上紅色衣服的關係，似乎也為她的表情增添了色彩。
太可愛了，我不由地這麼想。
我在車站的廁所換上了牛仔褲，脫下制服，換了一件黑色薄夾克。為了掩飾理得很短的平頭，還戴上一頂苔綠色的帽子。由希子拍著手說，我戴帽子很好看。
我們把東西丟進投幣式置物櫃，去麥當勞買了漢堡和飲料，走進了電影院。由希子在電影開映之前打電話回家，她說和同學一起看電影，會晚一點回家，結果好像被她媽媽罵了一頓。
「偶爾晚回家有什麼關係嘛。我說已經在電影院了，然後就把電話掛了。」
「沒關係嗎？」
「沒事，別擔心。」由希子笑了笑。
那是一部科幻片，主角是可以預見未來的女人，但我並沒有認真看劇情，滿腦子都在想坐在我身旁的宮前由希子。走出咖啡店前她臉上生動的表情，和她對我的感情。這些事隨著時間的流逝，在我內心變得越來越強烈，好像重新發現了由希子真正的優點，再加上手臂碰觸在一起時感受到她的體溫和肌膚的彈性，強烈地刺激了我的性慾。另一方面，也因為我那一陣子的精神狀態很不穩定。總之，那時候的我越陷越深，不由地產生了錯覺，覺得自己也被由希子吸引，深信和她相處一定會很愉快。
我握住了由希子的手，沒有太緊張，反而覺得是理所當然的事。她也用力回握我，不一會兒，她把頭靠在我的肩上。

在電影快結束時，我們不經意地四目相接。由希子沒有移開雙眼，我情不自禁地吻了她的嘴唇。電影院裡沒什麼人，根本不需要在意旁人的眼光，而且其他觀眾也都是情侶。

如果有一方稍微冷靜一點，或許情況就不一樣了，但我們兩個人都異常興奮。其中一人的高漲情緒刺激了另一個人的興奮，我們沒有喝酒，卻感覺好像醉了。走出電影院後，我們緊緊摟在一起，漫無目的地走在夜晚的鬧區。兩個人都不希望就這樣分手回家。

當我們回過神時，發現已經快十一點了。

「差不多該回家了，」我對她說：「不然妳家人會擔心。」

「一定會挨罵，但也沒辦法了。」由希子聳了聳肩，抬頭看著我：「你不用打電話回家嗎？」

「我正打算去打電話。」

我找到電話亭走了進去，由希子也跟著走進來。

我在按電話號碼時打算等一下就回家，但當我把聽筒放在耳邊，看著由希子微微泛紅的臉龐時，突然改變了心意。那是意想不到的衝動。母親接起電話時，我對她說，今晚不回家，我會去住吉岡家。

在我掛上電話後，站在身旁的由希子仍然一臉驚訝的表情。

「你要去吉岡家？」她問我。

我搖了搖頭，「沒有，這麼晚去他家，會造成他的困擾。」

「那你要去哪裡？」

「我會想辦法，有二十四小時營業的咖啡店，也可以去看深夜電影。」
「這樣對身體不好吧。」
「熬夜一天沒關係。」我的目光從她臉上移開後繼續說：「如果是兩個人，倒是有地方可以住。」
雖然我半開玩笑地說，但其實很認真，而且，我也知道由希子不會把這句話當成是玩笑話。我感覺到她倒吸了一口氣。
她尷尬地微微搖頭說：「我不行……」
雖然我預料到她會這麼回答，但內心還是有點失望，我努力掩飾自己的情緒說：「我就知道。所以，我們在附近找一家店打發時間。」
「你真的不回家嗎？」
「我不想回家，」我冷冷地說：「我送妳去車站。」
我再度摟著由希子的肩膀走向車站，她也摟住我的腰。別人一定以為我們已經交往了好幾個月。
走去車站的人很多，都是下班後去飲酒作樂的上班族，或是看起來像是學生的年輕人。
「我身上有足夠的錢可以住旅館，」我依依不捨地在她耳邊呢喃。回想起當時的心境，連我自己都想要吐。我沒有考慮未來，也沒有為對方著想，甚至無視自己是否真的喜歡由希子這件事，只是不想錯過這個機會，和那些為了性慾在街上搭訕女人的下流男人沒什麼兩樣。

「不行啦……」她回答說：「這樣不行啦。」

聽到她這麼說，我沒有繼續糾纏，但並不代表我的理智已經甦醒，只是還沒有厚顏無恥到這個地步。

「我知道不行，」我摟著她的手稍稍用力，「不好意思啦。」

由希子低著頭，始終不發一語。

到了車站後，我為她買了車票。

「路上小心，雖然我應該送妳回家。」我把車票交給她時說。

「不用了，沒關係。」

剪票口擠滿了人，我在稍遠處目送由希子走進剪票口。看著她身上的紅色開襟衫漸漸被人潮淹沒，我忍不住想，自己在這種地方幹什麼。

我站在那裡發呆，由希子的身影消失不見了。當我轉過身時，發現她站在我面前，我忍不住「啊」地叫了一聲。

「怎麼了？」我問她。

「那個……可以啊。」

「啊？」

由希子向我靠近一步，似乎擔心被路過的人聽到，低著頭小聲地說：「住旅館也可以啊。」

由於事出突然，我陷入了混亂，「為什麼？」

「因為……」她只說到這裡，就閉上了嘴。

我拉著她的手，推開人群往外走，同時，我也推開了內心發出的聲音。那個聲音叫我保持平靜，好好思考一下。

我早就從雜誌和深夜節目知道哪裡有哪些汽車旅館，也知道要怎麼辦理入住手續，但實際入住時發現更簡單，根本不需要這些知識。

我們輪流洗了淋浴，由希子先洗，然後換我洗。洗完澡走出浴室時，我腦海中閃過一個念頭，擔心她會不會走了。以前曾經好幾次在連續劇中看過這樣的劇情，但她躺在床上看電視。當我走近時，她用毛毯蓋住了頭。

我關了電視和燈，鑽進被子時，努力不碰到她的身體。即使在黑暗中，我也知道她背對著我。

我們這樣躺了幾分鐘，兩個人的身體都很僵硬，一動也不動。

「會不會冷？」我問她。

「有一點。」毛毯的另一端傳來由希子的聲音。

我緩緩伸出手，摸著她的後背。不一會兒，她轉過身面對我。我們抱在一起。

我們都沒有經驗，所以花了很長的時間摸索，道聽塗說和書上看到的內容都完全派不上用場，就好像看了再多教人怎麼騎腳踏車的書，也不可能立刻就會騎車一樣。

天亮之前，我在她身體內射了兩次，但她似乎完全沒有快感，相反地，反而似乎很痛苦。

天快亮的時候，我稍微睡了一下。當我張開眼睛時，發現由希子在我的腋下仰頭看著我。

「妳不睡沒關係嗎？」

「嗯……西原，我問你。」

「什麼？」

「你是認真的吧？」

她的問話有一種讓我從夢中清醒的感覺。不，正確地說，是讓我發現原本像夢境般的一切都是現實。那一剎那，我感到胸口隱隱作痛。

「當然啊。」說完，我抱緊了她纖瘦的身體。

之後，我們約會了兩次，當然沒有再做愛，只是去逛街、看電影的正常約會，但我並沒有向任何人提起我們的關係，由希子似乎考慮到我是棒球隊隊長的立場，所以也沒有說出去。

老實說，我有點搞不清楚自己的心意，現在也仍然不清楚。有一件事很明確，我和她上床，並不是因為想要她。當時我自暴自棄，想要逃避很多事。第一次做愛無疑是最好的逃避行為，說一句粗魯的話，其實對象是誰根本不重要。

當然，也有先發生關係，之後再慢慢培養感情的情況。那天之後，我一直告訴自己要好好珍惜由希子。和她在一起很開心，她對我的感情也比之前更熱情，但我實在搞不清楚，這到底能不能稱為愛情，總覺得和愛情不太一樣，或者是愛情延長線上的某種感情。

得知由希子的死訊後，我曾經一次又一次回顧，當時的感情起伏是否符合失去戀人的男人應有的感情，但我對這件事完全沒有自信。而且，有另一個自己冷眼旁觀，在我的耳邊呢喃：你在算計這些事，就證明你是很糟糕的人。

6

放學後，我一走出教室，立刻去三年一班的門口等候。其他同學都走了，水村緋絽子才走出教室，她一看到我，露出了驚訝的表情。

「我有事要問妳。」我小聲對她說。

緋絽子似乎很意外，但還是對我說：「那去我那裡。」

她口中的「我那裡」，是位在同一棟校舍四樓的第二科學實驗室。雖然稱為實驗室，其實只是當作倉庫使用，保管一些平時很少使用的器具。那裡也是天文社的社團活動室，所以只有天文社的人會出入。水村緋絽子是天文社的社長。

來到實驗室門口，我對著緋絽子的後背說：「在這裡說就好。」

緋絽子輕蹙眉頭說：「進去說吧，不是什麼輕鬆的話題吧？」

「是啊，但在這裡說就好。」我不想和緋絽子單獨相處。

「我想在裡面談。」她打開門後，立刻走了進去。

我第一次走進這間實驗室，入口附近的牆上釘著鐵架，放滿裝了實驗器具的紙箱，放不下的紙箱都堆在地上，每一個紙箱上都積滿了灰塵。繼續往裡面走，放了兩張桌子，可以容納十個人左右，旁邊放著天文望遠鏡。

「坐吧。」水村緋紹子拉了一張鐵管椅，「要不要喝咖啡？雖然只是即溶咖啡。」

「不用了，」我動作粗暴地在椅子上坐了下來，「我要問妳由希子的事。」

「我就知道。」緋紹子在我的對面坐了下來。

「我原本不願意和妳說話，但這件事太重要了。」

「為什麼要辯解？」

「不是辯解，我只是說，這次是特殊情況。」

「是喔，我無所謂啦。」緋紹子在桌上交握著雙手，「由希子懷孕的事都傳開了。」

「該不是妳去放的風聲吧？」

「你在懷疑我？」

「正因為沒有懷疑妳，才會來問妳啊。妳是聽誰說的？」

「不管是聽誰說的，都無所謂吧？」

「話可不是這樣說，這種事不可能輕易洩漏，妳知道這件事太奇怪了，還是由希子親口告訴妳的？」

「我和她的關係沒這麼好。」

「那是聽誰說的？」
「我不能告訴你。」水村緋絽子回答得很乾脆，「但我可以保證，我得知消息的管道，和傳聞的出處不同，你去找別人問清楚吧。」
「妳沒搞清楚狀況，」我拍了一下桌子，「是誰傳出來的並不重要，我想知道的是妳為什麼知道由希子懷孕的事。」
緋絽子裝模作樣地微微揚起下巴，然後露出探詢的眼神看著我。
「我以為你在為傳聞的事生氣，看來並不是這麼一回事。那你為什麼這麼緊張？因為她是棒球隊的經理嗎？不，才不是呢，光是這樣，你不可能露出這種表情。」
「這和妳沒有關係。」
「所以你只想從我這裡打聽消息，也未免想得太天真了。」她嘴角帶著冷笑，用帶著鼻音的聲音說道，她鎮定自若的表情讓我很火大。
我想要擊垮她的從容，於是對她說：「她懷的是我的孩子。」
這句話的確發揮了效果，緋絽子的表情僵住了，木然地看著我，用力深呼吸了一次。
「是喔，」她收起笑容的嘴唇發出了低沉的聲音，「原來你和由希子是這種關係。」
「是啊。」
「從什麼時候開始？」
「三月，三月底。」
停頓了一下，緋絽子露出恍然大悟的表情。她很清楚那時候我發生了什麼事。

「喔，是喔。」緋紹子顯然在故作平靜，她的臉上沒有表情，仰頭看著天花板，輕輕吐了一口氣，「所以，你是真心的？」

她問到了重點，我有點慌張，無法立刻說出「當然是真心」這句話。我還沒有開口，緋紹子就揮了揮手，「我的問題太蠢了，不管你是不是真心，都和我沒有關係。」

「是啊。」我總算能夠故作鎮定地回答。

緋紹子撥了撥頭髮，用慵懶的語氣說：「是灰藤老師告訴我由希子懷孕的事。」

「灰藤？」我沒想到會聽到這個名字。

「你應該知道他是天文社的指導老師吧？昨天守靈夜開始之前，我們稍微聊了幾句，那時候聽說的。」

「原來是這樣。妳是他寵愛的學生嘛。」我語帶挖苦地說，但並不光是挖苦而已，我之前就發現灰藤對緋紹子和對其他學生的態度明顯不同。

緋紹子既沒有否定，也沒有肯定，視線飄了幾下。

「這種事不重要，為什麼他會知道那種事？」

「老師說，是聽由希子的媽媽說的。」

「由希子的媽媽？」我忍不住大聲問。我不認為她媽媽會把這種事告訴學校。

「雖然她也不太願意說，但因為和死因有關。」

「死因？不是車禍嗎？」

「對啊，但如果她的身體不是那樣的狀況，或許有機會獲救。她被車子撞到時流產了，所以導致大量出血——」緋紹子沒有繼續說下去。

「原來是這樣。」我忍不住發出呻吟。我可以感受到自己很受打擊，「灰藤還有沒有說什麼？」

「沒有特別說什麼。」

「怎麼可能？他一定會說，有些人就是無法控制性衝動，做出輕率的行為，才會發生這種事。」

「隨便你怎麼想。」她並沒有否認。

我搖搖晃晃地起身走向出口，「謝謝妳，給了我很大的參考。」

正當我想伸手開門時，門被人用力打開了，出現在門外的正是我們剛才提到的灰藤。灰藤一看到我，立刻露出在溫室內看到害蟲的表情。

「你來這種地方幹什麼？」說完，他看向我的背後，似乎很在意水村緋紹子。

「只是談一些事情，現在正要離開。」說完，我推開灰藤走了出去，在走廊上走了沒幾步，就聽到他對緋紹子說話的聲音。

「水村，我不知道你們有什麼事，但要盡可能避免在這種密閉環境下和男生單獨相處。我是為妳好。」

他說話的聲音令人噁心。你這個老傢伙才色慾薰心吧——我在心裡咒罵著，再度邁開了步伐。

7

這一天的棒球隊訓練也休息一天，因為我們的教練指示說，守靈夜和葬禮的日子安份一點。棒球隊的教練是名叫長岡的年輕老師。

放學路上，我搭上了和回家相反方向的電車。因為我想去看看由希子發生車禍的地點。奇妙的是，車禍現場的正確位置也和懷孕的傳聞一起傳開了，傳聞的散播者似乎掌握了相當詳細的消息。

我走出那個車站，周圍都是狹小的道路和小店家，公車在狹小的路上行駛，感覺更加擁擠。我沿著公車行駛的路前進，人行道旁每隔幾公尺，就種了一棵櫻花樹。

走了五分鐘左右，左側有一所中學，聽說車禍就是在這一帶發生。左右兩側都有狹窄的巷道，由希子從右側的巷道內衝出來，撞到了在公車道上行駛的貨車。

婦產科醫院在哪裡——我左顧右盼尋找時，有人輕輕拍了我的背。回頭一看，楢崎薰站在那裡。

「咦？」我驚訝地問：「妳怎麼會在這裡？」

「這個。」薰把一小束花遞到我面前。

「對喔，」我皺起眉頭，「男生果然不夠細心，我完全沒有想到這件事。」

「太細心也很可怕。車禍就是在那個轉角處發生的。」薰用下巴指著向右轉的街角，旁邊有一家小咖啡店。

「妳知道得真清楚。」

「我聽由希子的媽媽說的，就在咖啡店旁邊。」

「妳去見過她媽媽了？」

「今天不是葬禮嗎？老師說，昨天沒去守靈夜的人，可以在第六節課提早放學去參加，所以我又去了。之後和她爸媽坐同一輛車，一起去了火葬場。」

聽到「火葬場」三個字，我的心情有點沉重，讓我真切地感受到由希子，那個曾經躺在我臂彎中的由希子真的死了。

「我去放在那裡。」薰抱著花走了過去，我跟在她的身後，心想她怎麼不問我為什麼來這裡。也許她知道我和由希子的關係。

薰把花放在「停」的標誌下方。由希子沒有看到這個標誌嗎？還是有什麼理由讓她無視這個標誌，衝到馬路上？

「婦產科醫院就在前面。」薰指著巷道深處說。我不由地想，原來她也聽說了由希子懷孕的傳聞。

「妳知道？」

「嗯，在我們女生中間，算是小有名氣。」

「那家醫院嗎？」

薰點了點頭。「那家婦產科的女醫生會很親切地提供意見，其他醫院的醫生只會說教，所以如果懷疑自己有了，就會去那家醫院。」

「是喔……」我看著薰，暗想著難道她也曾經有過這種麻煩？然後突然想到一件事，「該不會是妳介紹由希子去那家醫院？」

薰沉默片刻，瞥了我一眼後小聲說：「是啊。」

這代表她知道由希子懷孕的事，當然也知道孩子的父親是誰。

「薰，不瞞妳說——」

「停！」薰把手伸到我面前，「不必在這種地方說什麼實話。」

「妳果然知道。」

「我們是朋友啊，」薰聳了聳肩，「由希子的爸媽問我，由希子有沒有男朋友，知不知道孩子的父親是誰，但我回答說我不知道。」

我差一點想向她道謝，但又覺得道謝很奇怪，所以把話吞了下去。

「由希子的爸媽不知道大家都在傳她懷孕的事嗎？」

「不太清楚，可能現在還不知道吧。因為不可能有人在他們面前提這件事，不過恐怕早晚會知道。」

「妳知道是誰在散播這個傳聞嗎？」

「如果我知道，絕對饒不了那個人。」薰目露兇光，好像我是那個散播謠言的人。

叮鈴鈴。清脆的鈴聲響起，往那個方向一看，旁邊那家咖啡店的門打開了，一個四十歲左右的大嬸拿著掃帚和畚箕走了出來。大嬸看著我們問：

「你們是上次車禍身亡的女孩的朋友嗎？」大嬸拿著畚箕問道，可能是看到那束花猜到的。我和薰都默默點頭。

「是嗎？真可憐。」大嬸皺著濃妝的臉，「當時真的很可怕，我也慌了手腳。」

「阿姨，車禍發生時，妳有看到嗎？」

「我沒看到撞到的那一刻，」她皺著臉搖了搖頭，「只聽到貨車急煞車的聲音，之後又聽到撞擊的聲音，我嚇了一跳，衝出來一看，就看到那個女孩倒在那裡。」

「等一下，」我制止了大嬸，轉頭看著薰，「要不要去喝杯咖啡，問一下阿姨當時的情況？」

薰面色凝重地點點頭，「我也正有這個打算。」

「剛好現在沒有其他客人。」大嬸親切地說。

這家名叫「步戀人 FRIEND」的咖啡店，內部裝潢採用了之前流行的黑白色調，面向馬路的玻璃窗前有六張桌子，後方只有一個吧檯。我和薰坐在吧檯前。

「我記得差不多是傍晚五點左右，所以前面的馬路上擠滿了下班的人潮和放學的人潮，車禍發生時亂成一團。幾個年輕女生哇哇大叫，應該在這種時候發揮作用的男人也都嚇壞了。因為現場流了很多血。啊，我是不是不該說這些？」

「沒關係……吧？」我問薰。

「請繼續說下去。」薰說。

大嬸喝了一口水，又繼續說：

「開貨車的司機也是個年輕男生，嚇得六神無主，嚷嚷著不是他的錯，是那個女生突然衝出來，完全忘記要報警和送醫。所以我就對他說，我幫他看著現場，叫他趕快去打電話，真是太沒出息了。」

「當時由希子的情況怎麼樣？」薰遲疑了一下問道。

「原來她叫由希子。嗯，我不太清楚她哪裡受了傷，但我剛才也說了，現場流了很多血，她無力地倒在地上，一動也不動。」不知道是否想起了當時的情況，大嬸臉色格外凝重。

「由希子為什麼從巷道裡衝出來？」我忍不住，再度問了這個已經問過好幾次的問題。

沒想到大嬸很輕鬆地回答：「我也不太清楚，聽說好像有什麼急事，所以趕著去車站。」

「是嗎？」薰也一臉不解地問。

「好像是這樣，至少我是這麼聽說的。」

「聽說？」我把舉到嘴邊的咖啡杯放了下來，「聽誰說的？」

「和她在一起的女人。」

「啊?!」我和薰同時叫了起來，大嬸驚訝得愣在那裡。

「她和別人在一起嗎？」薰尖聲問道。

「是啊。咦？你們不知道？」

「那個女人是誰？」我站起來，向吧檯內探出身體。

「我不知道她叫什麼名字，她只說是朋友。」
「是誰呢？」薰問我，但我當然也不知道。
我問大嬸：「車禍發生時，那個女人在幹什麼？」
「我也不知道，但好像走在那個女生後面。我衝出店裡的時候，她剛好從巷道裡走出來。」
「那個女人告訴妳，由希子有急事，所以一路跑過來，後來衝到馬路上嗎？」
「是啊，在救護車來之前，她是這麼說的。」
我和薰互看了一眼，但她也完全不知道那個女人是誰。
「她長什麼樣子？」我問。
大嬸偏著頭，把眉毛擠成八點二十分的形狀，「你問我她長什麼樣子，我也很傷腦筋，因為我向來記不得別人的長相。年紀大約四十……五、六歲吧，可能更年輕一點。瘦瘦的，個子不高，戴了一副眼鏡。」大嬸說到這裡，搖了搖頭，「不行，我說不上來了，差不多就是這樣。」
雖然可以根據這些特徵想像，但感覺是很普通的中年女人。
「那個女人之後去了哪裡？」薰問。
「救護車把那個女孩載走之後，她也不見了，所以必須由我和之後才來的交通課警官說明車禍當時的情況。」大嬸有點生氣。
和由希子在一起的女人到底是誰？我和薰在回程的電車上討論了半天，都想不出任何結果。

「會不會有人陪她去醫院？」

「怎麼可能？」薰皺起眉頭，「找同學陪的話還比較有可能。」

「也不可能是她的親戚，不然就會找她媽陪她去。」

「我覺得那個女人應該不是陪她一起去。」

「那為什麼會和那個女人在一起？」

「不知道。」薰抓著吊環，看著窗外搖了搖頭。

我深深地嘆了一口氣。

回到家一打開門，春美從客廳裡衝了出來。她站在廳堂中央，氣勢洶洶地瞪著我，雙眼像兔子一樣紅，淚水奪眶而出，順著她的臉頰滑了下來。

「怎麼了？」我大驚失色地問。

「哥哥是騙子。」春美大叫著，衝上了旁邊的樓梯。我木然地目送她的背影上樓，只聽到她用力關上門，然後在房間內哇哇大哭。

我走進客廳，正在整理餐桌的母親看著我，露出無力的苦笑說：「你回來了。」

「春美怎麼了？」

母親嘆了一口氣說：「她知道宮前的事了。」

「妳告訴她的？」

「才不是。剛才川合打電話來，早知道我應該去接電話，但春美搶先接了起來。」

原來是這樣。我終於懂了。「所以是川合說的。」

「也不能怪他，他並不知道我們隱瞞春美。」

「是啊。」

我用客廳的電話打去川合家，川合立刻接了電話。

「對不起，」他一聽到我的聲音，立刻向我道歉，「我不小心說漏嘴了，因為我太久沒聽到春美的聲音了。」

「反正她早晚會知道，你不必掛在心上。」

「不，我太大意了，在說話之前應該稍微思考一下。春美現在怎麼樣？」

「她狠狠瞪了我一眼，大罵我一頓，然後現在生氣了。」

「真傷腦筋，真的很對不起。」

「過一段時間她就忘了。你找我有什麼事？」

「喔，對了，關於由希子的事，我掌握了新的線索。」川合的語氣頓時變得很沉重，「其實明天去學校再說也沒問題，但我想還是早一點告訴你比較好。」

我握緊電話，「什麼線索？」

「找到了散播由希子懷孕消息的人。」

「真的嗎？」我忍不住大聲問道，母親看了我一眼，我慌忙捂住電話問：「是誰？」

「有點出乎意料，是二年級的。」

二年級？的確有點意外。「女生嗎？」

「不，男生。二年三班一個姓中野的，你認識嗎？」

「不認識。」

「是嗎？我也完全不認識。」

「真的是從他那裡傳出來的嗎？」

「對，絕對沒錯。」

川合說，今天放學後，他聽到網球社的二年級女生正在討論由希子懷孕的事，因為內容太詳細了，他問那幾個女生，是從哪裡聽來的。棒球隊王牌投手的面子在運動社內神通廣大，她們立刻告訴他，是二年三班的中野告訴她們的，他就住在車禍現場附近。中野母親的朋友似乎和車禍有關。

「我打算明天午休時間盤問中野，我已經叫二年級的隊友把他帶來社團活動室。」

「我也去。」

「我知道，會為你準備特等席。」川合說話時充滿了幹勁。

掛上電話後，我獨自點著頭。原來是這樣，有人住在車禍現場附近。完全有可能，搞不好那個姓中野的二年級生看到了和由希子在一起的中年女人。

我上了二樓，走去自己房間前，敲了春美房間的門，但她沒有回答。我又敲了一次。

「春美，妳睡了嗎？」

她還是不理我，我轉身離開，但走到自己房間門口時，聽到了春美的聲音。

「我最討厭哥哥。」

雖然沒有人看到，但我還是像外國電影明星一樣聳了聳肩，為了怕被春美聽到，只好小聲嘀咕：「既然這麼有精神，可見心臟沒問題。」

8

二年級的中野是一個瘦弱的男生，可能以為我們要為他散播由希子懷孕的事教訓他，走進社團活動室時已經臉色鐵青。

「呃……我媽的朋友去附近那家婦產科看病，她告訴我媽，之前看到宮前學姊去那家醫院。」

他在說話時也不停地鞠躬。

「看到？那個大嬸認識由希子嗎？」薰訝異的問。

「不，應該不認識……」

「那為什麼知道是由希子？」川合皺著眉頭，露出焦躁的神情。

「你給我把話說清楚。」捕手吉岡大喝一聲。他剛好也在活動室內，所以也一起加入了。他不知道我和由希子的關係，以為我們要追究中野散播消息這件事。

吉岡的身材像摔角選手，而且所有隊員中，他的長相看起來最兇，被他這麼一瞪，中野立刻縮了起來。

「呃，呃，就是……」

「你不要緊張，」我對中野說：「我知道你的意思，就是那個大嬸在醫院看到了由希子，但那時候不知道她的名字，也不認識她。」

「對。」

「那是什麼時候的事？」

「車禍的四、五天前……吧。」中野微微偏著頭，似乎沒什麼自信。

「沒關係，總之，大嬸記住了當時看到的女生，得知車禍的事後，就說之前在婦產科見過她，是不是？」

「對，是這樣沒錯，但稍微有點不一樣。大嬸在醫院看到宮前學姊後，打電話給學校。」

「打電話給學校？」我們都跳了起來。

吉岡激動地抓著中野的衣領，「喂，你給我把話說清楚。」

「我會說，我會說。」中野晃著腦袋，快哭出來了，「我這就說，請你先放開我。」

「先放開他，」我推開吉岡的手，「大嬸不是不認識由希子嗎？為什麼知道她是修文館的學生？」

「呃，那個……問題就在這裡。大嬸在醫院的候診室看到宮前學姊時，覺得她很年輕，所以很好奇這個女生為什麼會來這裡。宮前學姊拿了一個紙袋，她伺機偷瞄了紙袋——」

大嬸發現裡面放了制服，所以就更好奇了，繼續探頭向紙袋裡張望，結果發現了一個很眼熟的校徽。即使不是學生，也可能看過文武雙全的名門學校——修文館高中的校徽。大嬸好奇極了，開始仔細觀察那個女生的舉手投足，當櫃檯叫那個女生的名字時，更是伸長了耳朵，只聽到她的名字是「宮什麼」。

大嬸回家後，立刻打電話給修文館高中，說她看到學校的學生在放學後，換上便服去婦產科，質問學生的父母知道嗎？學校方面回答說，會調查這件事。

大嬸並沒有罷休，兩、三天後，又打電話到學校，問那件事調查得怎麼樣了。學校方面對大嬸說，已經派人調查，但沒有發現學生出入那家醫院，但會進一步調查——

又過了兩、三天，發生了那起車禍。大嬸從那家婦產科熟識的護士口中得知，車禍身亡的就是那個女生，而且已經懷孕，是懷孕初期。

「於是，大嬸就很興奮，嘰嘰喳喳地到處宣揚，告訴了我媽和其他人。我……我從我媽那裡聽說之後，就告訴了同學。」

中野語無倫次，總算說明了這些情況。

「你為什麼到處亂說？王八蛋。」吉岡抓住了中野的肩膀。

「我沒有到處亂說……」中野拚命搖頭，「我、我只告訴一個同學，而且請他一定要保密，結果他去告訴別人了。」

「少囉嗦，反正都是從你那裡傳出去的。」

「對不起，對不起。」中野快哭出來了。

「不行，不能原諒你。」

「別這樣，」我勸阻了想要動手打中野的吉岡，「這種傳聞很容易散播，反倒是如果你在這裡打人，後果不堪涉想。」

「我知道啊。」吉岡鬆開了手，發出像野獸般的低吼聲。

我問中野：「你有沒有聽說大嬸告密後，學校有沒有去向醫院調查？」

「不知道，我沒聽說。」中野不停地搖頭。

我突然想到一件事，看著楢崎薰。

她微微點頭後，對中野說：「好了，學弟趕快走吧，在這裡磨磨蹭蹭，小心被黑猩猩掐死。」

中野拔腿逃出了活動室。

「幹嘛放了他？」吉岡不滿地問：「我還想好好疼他一下呢。」

「我們的口味很清淡，」川合一正說：「糾纏不清會惹人討厭。」

「真是受夠了，不管做什麼事都要在意高棒聯盟。」吉岡搖晃著龐大的身軀，走出了活動室。

我對薰說：「聽了剛才的話，我大致猜到了。」

「我也是，」她回答說：「也猜到車禍時，和由希子在一起的中年女人是誰了。」

「怎麼回事？」川合看了看我，又看著薰。

「從剛才的情況研判，學校方面一定會派人去那家婦產科調查，想知道幾年幾班的誰去了婦產科。問題在於學校方面是怎樣調查的？」

「問醫院嗎？」

「醫院不可能告訴他們，因為這麼做會侵犯隱私。我認為可以排除這個可能。」
「那家醫院更不可能，所以大家才會信任那家醫院。」薰很有自信地說。
「所以……就只能守株待兔？」
「我想應該是，」我點了點頭，「八成是守在那裡監視，如果看到像我們學校的學生出現，就會上前質問。」
「為什麼來這種地方？為什麼不去普通的醫院？為什麼不去住家附近的醫院？——就好像在鬧區遇到學生時一樣。」
「既然要問這些問題，負責監視的必須是女人，學生輔導室的女老師……」
「御崎老太婆。」川合一正滿臉不屑地說。
「咖啡店老闆娘說，那個女人年約四十五、六歲，又瘦又矮，戴著眼鏡，完全符合御崎老太婆的特徵。」
「原來她當時也在場。」川合用左拳用力打向右手的手掌。
同時，我還解開了另一個疑問。為什麼灰藤知道由希子懷孕的事。很簡單，因為學生輔導室的所有老師都知道。
川合突然張大眼睛說：「喂，由希子當時從巷道裡衝出來，搞不好是為了逃離御崎老太婆。」
「完全有這種可能。」我說：「除此以外，由希子不可能在那種地方拔腿狂奔。」
「果真如此的話，學校方面也有責任啊，就這樣算了嗎？」川合拍著旁邊的桌子。

楢崎薰也用詢問的眼神看著我，似乎在問：「你有什麼打算？」

我感受到他們兩個人的視線，陷入了思考。我在思考身為由希子的男朋友，如果是真的喜歡由希子的男人，到底該怎麼做。雖然一方面不希望被他們看不起，但更希望為死去之前，相信我是她男朋友的由希子報仇。

「首先必須調查清楚真相，」我說：「然後再決定採取什麼行動。」

「但要怎麼查？即使問學生輔導室的老傢伙，他們也不會說實話。」

「並不是只有他們知道真相啊。」

「你想找目擊證人嗎？」川合問。

「我們又不是電影《證人》裡的刑警，」我苦笑著，然後努力用不會太嚴肅的口吻說：「我去問由希子的爸媽，應該是最直接的方法。」

「呃，我想行不通，他們不會告訴你。」

「是嗎？」

「對啊，他們想要隱瞞由希子懷孕的事。」

「你似乎有什麼想法。」川合一正用銳利的眼神看著我，他似乎猜到了我的想法，既然這樣，我的回答必須符合他的期待。

「如果我向他們承認，我是孩子的父親呢？」

楢崎薰聽了，整個人僵在那裡，川合也倒吸了一口氣。我對他們點了點頭，「我猜想這麼一來，他們會願意對我說實話。」

「你是認真的嗎？」薰終於發出了聲音。
「當然是認真的，」我回答：「假裝不知道也太卑鄙了。」
「好！」川合拍了拍我的肩膀，「沒錯，既然是真心愛的女人，當然要這麼做。」
我急忙移開視線，然後點了點頭說：「是啊。」
「你什麼時候去？」薰問我。
「在我還沒有打退堂鼓或是害怕之前，」我對她說：「所以，只能今天去了。不好意思，我訓練到一半就要提早離開。」
「我也去。」
「不，我自己去就好。」
「但是——」
「妳讓他自己去啦，」川合插嘴說：「難道妳想看他下跪磕頭的樣子嗎？」
薰說不出話，目不轉睛地看著我，我對她點了點頭，告訴自己的確要做好下跪磕頭的心理準備。

9

由希子的家是一棟兩層樓的白色小房子，走進大門，有一個小庭院，庭院角落種著繡球花，打開門廊下方褐色大門就是玄關，但空間並不大，兩個大人同時站在那裡，恐怕就有點擁擠。

我在玄關保持上半身向前方傾斜八十度的姿勢靜止不動。門口整齊地放了一雙紅色拖鞋，沒有其他的鞋子。我忍不住想，不知道他們怎麼處理由希子的鞋子，仍然放在鞋櫃裡嗎？

我鞠躬了很久，但搞不好才數十秒而已。痛苦的時間總是感覺特別漫長。

「我是由希子……肚子裡孩子的父親。」

我只說了這句話，之後沒有再看由希子的母親的臉孔，就深深地鞠躬。雖然我做好了下跪磕頭的心理準備，但覺得這麼做反而缺乏誠意，所以乾脆作罷。

由希子的母親一言不發。她看起來很溫和，但當我自報姓名時，她的表情就很緊張，也許已經有了某種預感。

沉默從四周撲向我，幾乎把我壓垮，一直彎腰僵在那裡很累，但只要稍微動一下，剛才彎了那麼久似乎就失去了意義。

「……吧。」我終於聽到了隱約的聲音，微微抬起了頭。「你走吧。」這次清楚地聽到了，「請你離開。」

「我會離開，但我想請教阿姨一件事。」

「你走吧，我不想和你說話。」

「但是——」我抬起頭，看著由希子母親的臉。她在流淚，她的淚水充滿了憤怒、悲傷和悔恨。看到她的眼淚，我說不出話了。

「你走吧。」由希子的母親把臉轉到一旁。

「打擾了。」我又鞠了一躬，轉身離開了。

我帶著痛苦的心情離開了由希子的家，我知道由希子的母親一定比我更加痛苦，正因為能夠感受到她的痛苦，所以無法繼續站在她家門口。我再度體會到，為人父母真辛苦。

我拖著沉重的步伐回到家裡，春美正在庭院裡澆花，一看到我，沒打一聲招呼，就從客廳的玻璃落地窗走進屋裡。她似乎徹底討厭我了。

我沒有去客廳，直接回到自己的房間，躺在床上，看著日光燈，思考自己這麼做是否正確，是不是讓女友懷孕的男人應有的態度。

我躺在床上胡思亂想，樓下傳來母親的叫聲，說晚餐已經煮好了。我家的時間和昨天一樣繼續流逝。

父親回來後，一家四口坐在一起吃晚餐。春美還在生氣，沒有正眼看我一眼。父親似乎也從母親口中得知了情況，對女兒的滿臉不悅並沒有多說什麼。

大家在尷尬的氣氛中吃完飯的時候，電話鈴聲響了。母親立刻拿起一旁的無線電話，但很快訝異地皺著眉頭。我們都停下筷子看著她。

「是，請莊一聽電話嗎？請稍候。」母親捂住電話看著我們說：「是宮前同學的父親。」

我的胸口一陣疼痛，但我努力面不改色地接過電話，走去了客廳。

「喂，我是莊一。」我背對著父母坐在沙發上，對著電話說。

「啊……」電話彼端停頓了一下，接著傳來沉重的聲音，「我是由希子的爸爸。」

原本以為他會破口大罵，聽到他客氣的態度，我有點意外。
「是。」我回答說。
「我聽我老婆說了。」他的語尾恢復了對年少者說話時的聲調，但我很清楚他在努力克制自己的情緒。
「是。」我再度回答。
「我想和你談談。」由希子的父親說：「只有我們兩個人。」
「好……您什麼時候方便？」
「越早越好。你現在方便出門嗎？」
「沒問題。」說完，我看了一下時鐘，才八點剛過，「請問我要去哪裡？」
「嗯……離你家最近的車站是哪一個？」
我說了我家附近的車站。
「是嗎？那你在車站前等我，我現在就出門，可能需要三十分鐘左右。」
「我知道了。」說完，我掛上了電話。在我掛上電話的同時，母親開口問我：「他找你有什麼事？」
「因為宮前的事。」
「為什麼要找你？」
「回來再說。」我站了起來，沒有看家人一眼就走向門口，「我現在要出去，我吃飽了。」

每次電車到達後，車站前就擠滿下班的人潮，但他們不會陷入混亂，幾分鐘後，所有人都離開了車站。有人走路離開，有人搭公車，當然也有人走進咖啡店或書店，但據我的觀察，幾乎沒有人走進一整排商店中霓虹燈最閃亮的小鋼珠店。那家店似乎有一道無形的防護牆，隔絕了店內和店外的空間。

在第五波人潮退去後，一輛舊型三菱 Galant 靜靜地停在我面前，「叭」的輕按了一聲喇叭。我彎腰向車內張望，看到一名身穿白色馬球衫的男人正在打開副駕駛座車門的門鎖。

我走了過去，打開車門問：「請問是宮前先生嗎？」

戴著金屬框眼鏡的男人看著前方，輕輕點了一下頭。我坐進了副駕駛座，他確認我繫好安全帶後，他把車子駛了出去。

開車時，他不發一語，我當然只能從頭到尾默不作聲。我可以感受到這個狹小的空間內充滿了宮前先生壓抑的怒氣和焦躁。

宮前先生把車子駛入芳鄰餐廳的停車場。我原本以為他會帶我去某個空曠的地方，所以有點意外。他下車後也默默走路，我跟在他的身後。

服務生準備為我們帶位，宮前先生指著窗邊的桌子說：「那裡吧。」他的聲音年輕而有張力。服務生把我們帶去那張桌子。

服務生還沒有把菜單放下，宮前先生已經點了咖啡，我也點了相同的。我可以感受到他想要趕快進入正題的心情。

服務生離開後，我們終於面對面。宮前先生從金屬框眼鏡後方注視我的雙眼，充滿了只有失去女兒的父親才有的黯淡和懊悔。我立刻移開了視線，但隨即鼓起勇氣，看著他的眼睛。

「出門之前，我看了你的照片。」宮前先生緩緩開了口，「我想知道女兒到底和怎樣的人交往。」

「有照片嗎？」

「對，有很多。」

「很多？」

「不瞞你說，得知那孩子懷孕後，我在她房間找了很久，想知道有沒有辦法查出對方是誰，但什麼都沒找到，只有一本貼了很多棒球隊員照片的簡單相簿。當時只想到因為她是球隊經理，所以會留著這些照片，也就沒有太在意。今天得知了你的事之後，再重新看了那些照片，發現你的照片明顯比較多。父母都很傻，在答案攤在面前之前，根本無法洞察女兒的心意。」

宮前先生淡然地說著這番話，應該比他預料的更銳利地刺向我的心。我再度瞭解到由希子對我的心意。

服務生送來了咖啡，宮前先生喝黑咖啡，我也決定喝黑咖啡。

「你從什麼時候開始和由希子交往？」宮前先生問。

「三月……開始。」我老實回答，但似乎並沒有正確傳達。

「是嗎？這麼說，已經一年多了。」他這麼回答。

不是的，是今年三月。我想要更正，但在喉嚨口把話吞了下去。因為我發現一件事，即使我說了實話，沒有任何人——包括由希子——會感到高興。

「這樣我就懂了，難怪啊。」宮前先生點了點頭，似乎對某件事感到釋懷。「升上二年級時，她說要擔任棒球隊的經理，我就覺得奇怪。原來是因為你的關係。」

這句話也讓我恍然大悟，因為我覺得事實可能真的像他說的那樣。

宮前先生拿起咖啡杯，這時我才發現他的手在微微顫抖。他顫抖的手如實地傳達了他內心壓抑了多大的情感。

「聽到你今天來過家裡，讓我稍微得到了救贖。」他費力地說出這句話，「之前我們對由希子的事想像了各種可能，是不是被壞男人騙了，是不是發生了什麼意外。」

他說的意外，應該是指強暴。

「完全沒有任何正面的想像。滿腦子只想到壞事，畢竟發生了這麼糟糕的事，對我們來說，是這個世界上最糟糕的事，糟糕得不能再糟糕了。」宮前先生不光手在抖，他的全身都在顫抖，說話的聲音好像在呻吟。

我什麼話都說不出來，只能一動也不動地注視他。因為我覺得這是我的義務。

不一會兒，他的顫抖稍稍平息。他喝了一口水。

「由希子告訴你懷孕的事嗎？」

「不，」我搖了搖頭，「她完全沒有提。」

「是嗎？原來她打算背著你自己處理。」宮前先生懊惱地咬著嘴唇問：「那你怎麼知道的？」

「因為學校都在傳這件事。」

「學校？」宮前張大了眼睛，然後嘆了一口氣，「人都管不住自己的嘴巴。所以，你是聽到傳聞後來我家嗎？」

「對，雖然我曾經猶豫。」

宮前先生點了點頭，似乎表示他能夠理解。

「不瞞你說，我們一直希望和我女兒交往的人可以主動出面，不希望等我們查出來之後去質問對方。因為我們不想讓他顯得很卑鄙，而且如果知道對方是這種人，由希子未免太不值得了。」

宮前先生的話很有道理，我無言以對，只知道自己今天做對了。

「但是，我們猜想對方不會主動出面，因為出面承認需要很大的決心和勇氣。只要他不說，很可能從此沒有人知道。一旦承認，必須承受莫大的風險。但是，你主動來找我們，正因為我能夠理解你在下決心之前，內心經歷了天人交戰，所以我很肯定你的行為，也很慶幸由希子喜歡的是這樣的年輕人。」

他停頓一下，又繼續說了下去。

「但是，希望你能夠理解我們無法原諒你的心情。由希子是我和我太太的寶貝，我們痛恨成為她死因的每一件事。也許你認為車禍和你無關，不，從客觀的角度來說，的確與你無關，但由希子死後，我和我太太哭著咒罵的內容中，有很大一部分是針對讓她懷孕的那個男人。」

我垂頭喪氣地聽著他說話。他靜靜的訴說有著和破口大罵不同的威力。

「我問你，」宮前先生再度開口，我抬起頭，他吞了一下口水，「你對由希子的感情是什麼程度？」

「什麼程度……是指？」

「有沒有考慮到未來？」

我輕輕地倒吸了一口氣，讓空氣在肺中停頓後思考著，當我吐氣的時候，已經決定了答案。

「雖然沒有很明確，但我有考慮，希望永遠，」我舔了舔嘴唇，「希望和她在一起，永遠在一起。」

「原來是這樣，」他似乎感到滿意，但仍然保持著嚴肅的表情說：「但你沒想到會懷孕吧？」

這個問題很辛辣，我回答說：「是。」

「既然這樣，為什麼……」宮前先生抓著桌緣，他手上浮起的每一根血管，都因為對我的憤怒而膨脹。「為什麼不等到長大之後……等到真的決定將來的事之後呢？」

我沒有說話，但內心忍不住反駁宮前先生。如果一對男女真心相愛，絕對不可能有辦法忍耐。當然，我沒有權利說這種話。
宮前先生瞪著我，我低頭看著桌子，感受到他的目光盯著我的額頭。
隔了一會兒，聽到宮前先生小聲地說：「今天就……先這樣吧。」
我抬起頭，他喝完剩下的咖啡，輕輕地搖著頭。
「我原本想好好痛罵你一頓，但現在覺得這樣很空虛，無論再怎麼罵，由希子也不可能復活。而且，由希子死了，你也很難過，我不忍心再責備陷入悲傷的人，尤其是像你這樣展現誠意的人。」宮前先生揉了揉臉，拿起放在桌角的帳單，但在起身前，好像突然想起似的問我：「聽我太太說，你好像也有事要問我們？」
「對，沒錯。」我說：「我想知道學校的老師是不是和這起意外有關，不知道您知不知道？」
宮前先生眼鏡後方的雙眼露出和剛才不同的亮光，他直視著我問：「你什麼都不知道嗎？」
「我只聽說學生輔導室的老師也在場，但不清楚到底是怎麼一回事……」
「原來是這樣。雖然由希子懷孕的事傳得沸沸揚揚，那件事卻無聲無息。」
「如果您知道什麼，可不可以請您告訴我？」
宮前先生端詳著我的臉，點了兩、三次頭。
「好，那我就告訴你。」原本準備站起來的他再度坐回椅子上。

10

隔天星期五的第六節課是御崎藤江的古文課，我從早上就在等這一節課。

御崎藤江穿著過時的米色兩件式洋裝走進教室，她把教材夾在腋下，微微駝著背走向講台。站上講台之前，戴著眼鏡的她冷冷地巡視了教室內所有的人。

起立、敬禮、坐下後，御崎回頭看著黑板，皺著眉頭說：「今天班會後值日生擦黑板太馬虎了，不要因為是第六節課就鬆懈了。」

教室內響起竊笑聲，這個笑聲包含了各種不同的意思。

「誰在笑？有沒有聽到？」御崎瞪著三角眼問。

「聽——到——了。」教室中間響起一個粗獷的聲音，笑聲再度響起。御崎藤江露出一點都不好笑的表情。

「今天從三十六頁開始。」御崎用乾澀的聲音說道。

我用力深呼吸，再度確認了自己的心意。我已經做好了心理準備，接下來只要把骰子丟出去就好。

「老師。」我舉起了手。

御崎一臉意外地看著我，其他同學的視線也都集中在我身上。

「有什麼事嗎？」御崎一臉詫異地問。

我站了起來，「我有問題想要請教老師，請老師馬上回答我。」

御崎有點被嚇到，但立刻強打起精神問：「是和課堂有關的事嗎？」

「不是。」

「那請你下課後來辦公室。」

「不，請妳在這裡回答，因為需要證人。各位同學——」我對一臉木然的同學說：「請你們當我的證人。」

其他同學被我突然其來的舉動嚇到了，紛紛和旁邊的同學竊竊私語，但沒有人知道我到底有什麼用意。

「大家安靜。」御崎對議論紛紛的同學說完，看著我說：「下課後再說，現在正在上課。」

「妳想要逃避嗎？」

「我說了，現在正在上課。」這位中年的古文課老師轉身面對黑板，用粉筆在黑板上寫了起來，其他同學看著仍然站著的我，紛紛翻開了教科書和筆記本。

「是有關宮前的事。」我對著御崎藤江的背影說，御崎停下了手，緩緩轉過身。我看著她緊張的表情繼續說了下去：「她離開杉田婦產科回家時衝到馬路上，被貨車撞倒。老師，妳應該知道她為什麼這麼著急吧？請妳告訴我。」

御崎臉上的表情好像般若面具般齜牙咧嘴，胸口用力起伏著。

「為什麼你覺得我應該知道這種事？」

「因為妳是當事人。老師，妳是當事人吧？我是這麼聽說的。」

「誰說的？」

「誰說的並不重要。因為之前學校收到密告，說我們學校的學生出入那家醫院，所以妳那天在醫院附近監視，我沒說錯吧？」

御崎脹紅了臉，頻頻舔著嘴唇後，嘆著氣說：「你先坐下，等一下再討論這件事。」

「我剛才說了，需要證人。妳在醫院前監視，看到宮前出現了。妳……老師妳走了出來，想要質問她，但她發現情況不妙，拔腿就跑。於是，妳就去追她。」

班上的同學開始騷動，有人直接問我：「真的假的？」

「她不顧一切地奔跑，結果發生了車禍，如果妳不去追她，她就不會逃。如果妳沒有監視，她就不會死於非命。所以請妳回答我，你們有權利用這種方式監視學生的私生活嗎？即使因此導致學生死於非命，也可以假裝事不關己嗎？」

御崎藤江前一刻還脹紅的臉頓時好像漂白過一樣毫無血色，凹陷的眼窩深處那雙可怕的眼睛瞪著我。

「閉嘴！」御崎齜牙咧嘴地說道：「你在……胡說什麼啊……我不知道你從哪裡聽來的，這和你……和你沒關係。」

「有關係。至於有什麼關係——」我深呼吸了一下。我很清楚，接下來說的這句話將對我的未來造成很大的影響，但這是我昨晚經過一夜長考後做出的決定。我說：「因為是我讓宮前懷孕的。」

教室內的時間好像靜止了。這陣奇妙的空白後，班上立刻騷動起來，甚至有人吹起了口哨，但御崎藤江並沒有斥責他們，她根本無暇顧及那些事。

「西、西原同學……你……你說的是、是真的？」

「是真的。」我說：「老師，現在輪到妳回答了。宮前逃走的時候，妳真的是去追她嗎？」

看到御崎的表情漸漸扭曲，我反而越來越冷靜，甚至可以從容地分析周圍同學的表情。大部分人都在笑，只要不會惹禍上身，旁觀學生攻擊老師的行為都是愉快的餘興節目。

「等……等一下。」御崎用全身表現著她的呼吸急促，慌慌張張地抱著教科書和教材走出了教室。

「就這樣逃走了嗎？」我對著她的背影問，但御崎不理會我的挑釁，只是停頓了一下，又繼續衝向走廊。

御崎離開教室後，前一刻還亂成一團的教室頓時安靜下來。這和平時的情況完全相反。原因很清楚，他們都屏息斂氣地觀察我的行動。

繼續站在那裡也沒用，我坐了下來，同學都不停地偷瞄我，但沒有人找我說話，也許我身上散發出拒絕別人對我說話的氛圍。

過了一會兒，班導師石部走了進來。「西原，跟我來一下。」

我不發一語地站了起來。

小會議桌和鐵管椅，這是學生輔導室的大道具，成績單之類的資料是小道具，今天只有學生輔導室主任灰藤和班導師石部兩個演員。

「御崎老師去了哪裡？」我一坐下，立刻問道。

灰藤左側的眉毛挑動了一下，「你這是什麼態度？」

「我剛才為了宮前的事向御崎老師發問，她還沒有回答我。」

「我說西原啊，」灰藤發出好像來自地獄深處的低沉聲音說：「你以為你有資格說這些話嗎？宮前死了，你也不想想，最根本的原因是什麼。」

「車禍的原因是宮前衝到馬路上，她是因為御崎追她，才會衝到馬路上。」

灰藤拍著桌子，旁邊的石部跳了起來五公分左右。

「你才是根本的原因。」灰藤瞪大了眼睛，「是因為你沒有克制一時的性衝動做出了輕率的行為，宮前才會去醫院，難道不是嗎？」

「身為一個男人，我知道自己有責任，所以我才主動承認。」我也用力瞪著灰藤，「但逼死宮前的是御崎。」

「不可以對老師直呼其名。你雖然說知道自己有責任，你敢去宮前的父母面前承認嗎？不敢吧？」

「哼！」我用鼻孔對他噴氣，「我昨天見過了。」

「見過了？」灰藤皺起眉頭，瞇眼看著我，然後緩緩點頭，「原來是這樣，御崎老師的事是她的父母告訴你的。」

我沒有回答。灰藤把頭轉到一旁吐了一口氣，小聲嘀咕說：「怎麼會有這種父母！」

「所以，你們承認是御崎……老師在追宮前囉？」

灰藤沒有回答，在桌子上握著雙手，探出身體。

「西原，你聽我說。我不知道宮前的父母是怎麼對你說的，但那起車禍是不可抗力，御崎老師沒有任何過失。」

「如果她沒有追宮前——」

灰藤再度拍著桌子。

「那是因為宮前逃走，御崎老師才會去追她。難道你不覺得錯在當事人做了虧心事嗎？」

他口中的「當事人」當然也包括了我。

「懷孕是宮前個人的問題，」說完這句話，我搖了搖頭，「是我和宮前兩個人的問題，不需要學校的老師監視，這是妨礙隱私權。」

「說什麼大話！搞了半天也只能獨當半面，有了孩子只好去墮胎。」

「如果把孩子生下來就算是獨當一面嗎？」

「西原！」

灰藤雙手拍著桌子站起來時，傳來敲門的聲音。石部打算去開門，灰藤制止了他，自己走了過去。

門打開了一條縫，外面有一個人影——八成是學生輔導室的老師——小聲地向灰藤咬耳朵。

「知道了，請他進來吧。」灰藤說完，走了回來，看著我的臉，露出奇妙的表情。雖然他臉上的表情很生氣，但眼睛露出一絲奸笑。

我有一種不祥的預感。

過了一會兒，門打開了，學生輔導室的老師走了進來，跟在那個老師身後走進來的那個人，是我的父親。

這天，我們晚上九點回到家裡，我不想吃晚餐，回到了自己房間。

父親默不作聲地聽著灰藤說的每一句話。雖然對於讓父親面對這樣的處境感到抱歉，但老實說，我也對完全不反駁的父親感到不滿。也許父親找不到反駁的理由，但至少可以指責學校方面的過失。我在一旁咬著嘴唇，不願看父親不停鞠躬的樣子。

灰藤處理這件事的方式太老奸巨滑。他對父親說，考慮到我的將來，學校方面不希望把這件事鬧大，這件事就不張揚了。他根本搞錯了方向，一旦這件事曝光，最傷腦筋的是他們，他卻用這種好像是為我著想的方式封住我們父子的口。他也用這種方式對待宮前家，宮前由希子的父母和我的父親雖然知道這是學校方面的計謀，卻也無能為力。

離開學校後，我們去了宮前家。由希子母親的態度比昨天稍微溫和一點，我和昨天一樣，站在父親旁一直鞠躬。

父親幾乎沒有和我說話，但從宮前家回家的電車上，他對我說：

「你應該想了很久才決定主動承認吧？」

「是啊。」我回答。

「我想也是。」父親嘆著氣說。但這句話成為今天一連串不愉快的事中唯一的救贖。

父親沒有數落我任何一句話。

我像平時一樣躺在床上，回想著自己做的事。我的行為是否符合由希子男朋友應有的行為？如果真的有那個世界，如果由希子在那裡看著這個世界的一切，是否會稍稍感到滿意？我所受到的傷害是否和我犯下的罪過相當？

不，還早得很，離彌補罪過還差得遠呢。

但是，除此以外，到底還能做什麼？

11

隔天的早餐如同嚼蠟，麵包、咖啡和火腿蛋都食之無味，父親和春美都不在，母親一直躲在廚房。

去學校後，發現氣氛和昨天完全不一樣了。有人看著我指指點點，也有人遠遠地叫我「帥哥」，更有人刻意避開我，就連老師也不敢正視我。

當然也有人向我展現善意，比方說，楢崎薰和川合一正他們。

「大家都說，西原很有勇氣。」我在食堂吃午餐時，薰語帶興奮地向我報告班上同學的反應。今天是星期六，一點之後棒球隊要訓練。我覺得好像很久沒有打球了。

「如果換成是別人，絕對不會主動承認，可見你很喜歡由希子，班上的女生都很佩服你。」

「這有什麼好佩服的。」

「換成是我，我應該做不到。」川合插嘴說：「我要好好向你學一學，我終於知道由希子選擇你的理由了。」

「這沒什麼啦，不要再鬧了。」

「不是在鬧，但你的行為的確可以讓我們效法。」

「效法？」我看著薰問。

「大家都說，我們應該更生氣，尤其由希子是我們班的同學。」

「你們想要採取什麼行動嗎？」

「雖然想——」薰搖了搖頭，「但真的要付諸行動，就有點困難。畢竟我們已經三年級了，要準備考大學，也不想被老師盯上，說到底，就是沒膽量啦。」

「當然啊，」我說：「我這麼做，只是讓自己心裡舒坦，並不希望促進學校的改革，反正我們明年就畢業了。」

「這樣的話，」川合說：「我也想要做點什麼，至少要為由希子做一件事，讓自己心裡舒坦一下。」

「嗯，是啊。在瞭解由希子死亡的真相後，如果什麼也不做，以後一定會厭惡自己。」

「雖然到頭來都是為了自己，」川合看著我說：「但這樣也沒關係啊。」

「是啊。」我回答，因為我也是這樣。

棒球隊所有的隊員似乎都聽說了我的事，幸好並沒有感受到負面效果，相反地，每個人都比平時更聽從我的指揮，讓我有一種奇妙的感覺。

修文館高中規定，週一到週五的放學時間是五點半，星期六是三點，但棒球隊通常至少會延長一個小時繼續練習。夏季的地區預賽即將舉行，有時候會延長更久，學校方面也不太管我們。

那一天，我決定延長到五點。集合時，我向大家宣布了這件事，隊員也都沒有意見。

四點過後，一個討厭鬼突然跑來操場。

穿著深藍色西裝套裝的中年女老師朝著球場走來。是御崎藤江。除了我以外，其他隊員看到御崎後，也紛紛停止練習。操場上彌漫著不安的氣氛。

「誰是隊長？」這位中年女老師站在三壘的位置，用好像指甲刮到黑板時的聲音問。在由希子的守靈夜時，她已經問過相同的問題。她明知道我是隊長，故意假裝忘記。站在內野的我脫下帽子跑了過去。這只是我的習慣，完全不是表達對這個女老師的尊敬。

御崎有點緊張，喉嚨動了一下，可能在吞口水。

「已經是放學時間了，剛才沒有聽到廣播嗎？」她用力挺著胸膛，抬頭看著我。

「快要比賽了。」我盡可能用冷淡的語氣說道。
「這是兩回事，你們必須遵守放學時間。」
「為什麼突然這麼要求？」我斜斜地俯視著御崎藤江，「以前從來不會干涉我們。」
「以前錯了，以後希望你們遵守規定。」
「是因為我的關係嗎？因為看我不順眼，所以故意找麻煩嗎？」
御崎藤江把兩道細眉吊成了銳角，「這和你沒有關係，而是因為學校的規定，所以才這麼要求。」
「不讓我們訓練的話，我們會很傷腦筋。」
「怎麼不讓你們訓練？只要在規定的時間內就可以。」她用刺耳的尖聲叫道。
我露出不耐煩的表情，「光是這樣，時間不夠啊。」
「不需要為了比賽獲勝破壞校規。」
看到我們發生了爭執，川合從投手丘跑了過來。
「西原，趕快練球啊。」
「不行！」御崎瞪著眼睛說：「趕快收拾回家。」
「囉嗦。」川合皺著眉頭，故意掏了掏左耳，「妳急著催我們回家，搞不好我們會發生車禍啊。」
聽到這句話，御崎的表情僵住了，她瞪大了眼睛，可以清楚看到她眼睛裡的每一根血管。

旁邊傳來一個聲音。

「害死學生，還有臉這麼囂張。」

那是守三壘的三年級學生。御崎藤江用充血的雙眼瞪了他一眼，但三壘手拍著棒球手套，根本不理會她。

「天黑了我們就回去。」說完，我轉身跑回內野，向大家吆喝：「好，開始吧。」

川合也笑嘻嘻地回到投手丘。

御崎藤江仍然站在那裡，這時，一個球飛到了三壘線。她嚇得跳了起來，一定是進行接捕練習的隊員故意丟去那裡。

沒有撿到滾地球的三壘手咂了一下嘴，「真礙事。」

御崎忍無可忍地跑走了，隊員們見狀都笑了起來。

「她下次再來，就讓她站去打擊區，我要投一個超快速的內角球。」

川合這麼一說，大家笑得更開心了。

不知道是否發現操場上和平時不一樣，原本在社團活動室的薰跑了出來，驚訝地問：

「怎麼了？大家在笑什麼？」

「我們把火雞趕走了。」捕手吉岡回答說，大家聽了，再度笑了起來。

幾分鐘後，又有一個討厭鬼跑來了。

但這次不是御崎藤江，灰藤帶著我們的教練長岡老師一起走了過來。我停止練習，注視著兩名老師。他們兩個人簡直就像父子，長岡教練大學剛畢業，在前任教練今年退休後，由他擔任我們的新教練。今年才二十三歲，看起來比吉岡還年輕。

年輕的數學老師長岡教練向我招了招手，我跑了過去。

「今天先練到這裡，大家回家吧。」教練愁眉不展。

灰藤站在他後方，似乎在監督這位年輕老師指導學生的情況。

「但現在不認真練習不行啊。」

「臨時抱佛腳沒有用，」灰藤在一旁插嘴，「不管讀書和打棒球都一樣。」

我無視灰藤，看著教練的臉，但教練一臉歉意，眼睛下方的肌肉抽搐著。

「總之，今天先回去吧。」教練小聲地說。

「下星期之後就沒問題了嗎？」雖然我知道這種事對菜鳥老師說也沒用，但還是忍不住問。教練露出為難的表情。

灰藤回答了我的問題，「不管是下星期，或是下下個星期都不行，校規規定了放學時間。」

我只好把視線移向這個不想多看一眼的地理老師問：

「那我們會提出申請，這樣即使延長時間也沒問題了吧？」

「申請？什麼申請？」

「要延長訓練時間的申請，這樣就沒問題了吧？天文社不是也這麼做嗎？」我知道灰藤是天文社的顧問，故意這麼說，他毫不掩飾臉上的不悅。

「白天可以看到星星嗎？」灰藤撇著嘴角問：「那是不得已，所以才會同意。而且，天文社只是調整活動時間，並沒有延長。」

一旦開始爭辯，很難說贏這傢伙，我無言以對，把視線從他身上移開。這也成為我的敗北宣言。

「既然已經知道了，就趕快收拾回家吧。」灰藤看著其他隊員命令道。隊員們無可奈何地紛紛走回活動室。

「那個死老太婆真讓人火大。」我一走進活動室，吉岡就大聲叫道：「她害死了宮前，居然還敢這麼囂張，啊啊啊，氣死我了。」他穿著釘鞋，踢向置物櫃，置物櫃凹了一個洞。

「別這樣，」川合制止了吉岡，「最生氣的可是西原。」

「喔，對喔。西原心裡一定火大到我無法想像。喂，西原，你可以來踢我的置物櫃。」

「改天吧。」我在椅子上坐了下來，「我知道灰藤和御崎在想什麼，他們想要顯示比我更有優勢，是在向我示威，反抗他們不會有好結果。」

「原來是這樣，所以才故意來找麻煩。」吉岡用左手按住右拳，關節發出喀啦喀啦的聲音。

「不好意思，連累了大家。」

「你不需要道歉，」川合說：「因為你沒有做錯任何事。」

「是啊，不必放在心上。」吉岡表示同意後，抓了抓人中，「你向我們隱瞞和宮前的關係倒是有點罪大惡極。」

我沒有吭氣，輕輕笑了笑。其實並不是隱瞞和由希子的關係，而是我們之間並不是需要隱瞞的關係。

「話說回來，那兩個人還真團結。」剛才守在三壘的三年級隊員近藤。

「哪兩個人？」我問。

「灰藤和御崎老太婆啊，灰藤完全在袒護御崎嘛。」

「你不知道嗎？」吉岡說：「御崎是灰藤的學生，她超尊敬灰藤的。聽說御崎一直當老處女，也是因為灰藤單身的關係。」

「所以，搞不好……」近藤壓低了聲音，「他們之間有一腿？」

「有一腿是指那個嗎？男人和女人的那個？」

「對啊。」近藤舔著嘴唇。

「喂喂，不要讓我想像那麼噁心的畫面好嗎？萬一作惡夢怎麼辦？」

「有什麼關係，就盡情想像啊，想像灰藤軟趴趴的那個東西放進御崎皺巴巴的那裡。」

「結果皺紋太多了，根本不知道該往哪裡塞。」

近藤和吉岡開著黃色玩笑，其他隊員也都放聲大笑起來。我和川合也笑了。大家都想要用罵髒話發洩一下內心的怨氣。

那天晚上，我家接到了幾通電話，全都是找我的。第一通電話是新聞社的學生打來的。我第一次知道原來我們學校還有新聞社。

「我們想要大肆報導，」新聞社的成員聲音很細，「我覺得這件事包含了很多重大的問題，像是學生的隱私權、戀愛自由，還有那個……富有勇氣的行動。大家都對學校很不滿，這次是抗議的絕佳機會。」

「不好意思，」我說：「我對這種事沒興趣。」

「啊？那你為什麼指責校方？」

「因為我很火大，所以指責校方。我不想在背後搞小動作，所以就當著大家的面說出來，就這麼簡單。我不在意其他同學對這次的事有什麼看法，也對校方是否會改變沒有興趣。」

「但是，不管怎麼說，你創造了改革的契機。」

「總之，別和我聊這些複雜的事。」不等對方的回答，我就掛上了電話。

還有兩通電話都是表達很欣賞我的行為，我只說了聲「謝謝」。

其他都是惡作劇或是騷擾電話，有人說了一句「少在那裡裝帥」，就掛上了電話，也有無聲電話，甚至還有變態的傢伙問：「宮前的身體可口嗎？你是用什麼姿勢操她？」雖然沒什麼大礙，但想到這種情況會持續一陣子，心情就有點鬱悶。

電話攻勢告一段落後，我回到房間，有人敲門。

「哥哥，你睡了嗎？」是春美的聲音。

我回答說：「還沒睡。」

房間門輕輕打開了，春美低頭走了進來。
「怎麼了？」我問。春美用力閉著雙唇，眼中已經噙著淚水，順著她白皙的臉頰流了下來。
「哥哥，對不起……」春美抽抽搭搭地說：「我完全不知道由希子姊姊是你的女朋友……由希子姊姊死了，你比任何人更傷心，我卻說那麼自私的話。」
父母似乎把事情告訴她了。
「沒關係，別放在心上。」
「但是，但是，」春美拉著T恤的下襬，擦著眼淚，「哥哥，你好可憐，你們本來打算要結婚吧？」
「……嗯。」看到春美的淚，我無法否認。
「真的很對不起，我只想告訴你這句話。」
「沒關係。」
「嗯……那就晚安了。」
「晚安。」
春美走出房間後，我鑽到被窩裡，但腦子很清醒，根本睡不著。想到春美的眼淚，胃感到陣陣抽痛。

12

翌週的星期一，在御崎藤江的課堂上發生了罷課事件。

那是宮前由希子生前所屬的三年二班，但並不是所有人都參加罷課。御崎藤江像往常一樣走進教室準備上古文課，發現超過四分之一的座位空著。御崎問學生發生了什麼事，但沒有人回答她。

其中一張空著的課桌上放了一張白紙。御崎拿起白紙一看，上面寫著──

「妳去宮前由希子的墓前道歉，我們就會回來上課。」

御崎藤江握著那張紙，臉色大變地衝出教室。

「她的表情超可怕，兩隻眼睛通紅，連驚悚電影都沒那麼可怕，老實說，我嚇得差一點尿失禁。」二班的男生向我描述當時的狀況。

御崎藤江衝出教室後，請在教師辦公室內的其他老師幫忙，分頭去找罷課的學生。沒想到很快就在離學校數百公尺的咖啡店找到了，咖啡店老闆以為今天學校提早放學。總共有十二名女生，完全沒有男生加入。三年二班共有二十名女生，所以有六成女生罷課，楢崎薰也在其中。

十二名女生被要求排排站在校園內，第四節課時，全校學生都看到了她們。灰藤向她們說教，兩名學生輔導室的老師在一旁瞪著她們。我在教室上課時也看到了這一幕，但如果校方是為了殺雞儆猴，只能說完全沒有達到目的。站在校園的那些女生沒有反省，也完全不理會灰藤的說教，甚至有人不時露齒而笑。下課鈴聲很快響了，進入午休時間，灰藤不能繼續讓她們罰站，只好放了她們。學生輔導室一定覺得很窩囊。

「我們要求和御崎當面溝通。」午休時，薰興奮得脹紅了臉說：「如果他們接受這個要求，我們也願意接受罷課的處罰。」

「他們怎麼說？」川合問。

「他們避重就輕，說沒這個必要。」

「他們打算把這件事矇混過去。」我說。

「我們絕對不會讓他們矇混過去，」薰激動地說：「總之，御崎一定要道歉，而且要在由希子的墓前道歉，這是首要目標。」

「其他十一個女生意見也相同嗎？」

「只有兩、三個人這麼認為，其他都是湊熱鬧的，但是這也沒關係，不能小看這些湊熱鬧的人發揮的作用。」

「也許吧。」我回答說。

薰說得也許有道理，因為那次之後，有許多學生在各種場合採取了行動。這些學生不可能一下子覺醒，想要進行教育改革，所以應該是變成了一種流行。

一年級學生針對服裝問題和校方的生活管理問題展開了連署運動，他們還必須在這所學校生活兩年多，似乎想趁這個機會暢所欲言。二年級學生也開始造反，基本態度就是無視校規。最近的形勢對學生輔導室很不利，所以他們猜想學生輔導室不會找麻煩。

相較之下，三年級生反而很乖巧。大部分學生都在為考大學做準備，根本沒時間理會這些事。最好的證明，就是有時候打到我家的電話中，有人抗議：「全都是因為你做一些莫名其妙的事，害我們無法好好上御崎老師的課。」在妨礙正常上課這件事上，也許有不少學生對御崎藤江表達了憤怒。

整個學校陷入這種詭譎的氣氛中，差不多是那個時候，篠田進來找我。

篠田是校內以素行不良出名的學生，但他並沒有加入不良幫派，而是因為二年級夏天打工的事，被學校盯上了。那不是普通的打工，是去當貨車司機，而且是無照駕駛。他隱瞞了年紀，也在履歷表上亂寫一通，那家公司錄取了他。在遭到臨檢時曝了光，但之所以沒有遭到退學，是因為他並不是參加飆車集團，而是去打工，所以校方認為有酌情考量的餘地。他和我不同班，但我們聊過幾次。

「我有話要對你說，你來一下。」放學後，我走去社團活動室時，篠田追上來對我說。

「什麼事？」我問他。

「說起來有點複雜，站著不好說話，今天訓練結束後，你來這裡找我。」他遞給我一包咖啡店的火柴。從學校走去那家咖啡店要十五分鐘，偷偷騎機車來上學的人都把那裡當成停車場。

「是關於哪方面的事？」

「一言難盡啊，」篠田摸著冒著鬍碴的下巴，「簡單地說，和媒體有關。」

「媒體？」我有一種不祥的預感。
「聽說媒體已經嗅到了宮前的事件。」
「是喔。」這是我最擔心的事。因為一旦事情鬧大，就會連累棒球隊。因為並不是醜聞，所以不至於不讓我們參加公式賽。
「好，那我六點半過去。」
「我等你。」篠田對我露齒一笑。
灰藤之前曾經為訓練時間的事囉哩囉唆，所以訓練在五點半準時結束，雖然覺得意猶未盡，但目前也無可奈何，只能期待隊員自己加強訓練。
告別隊友後，我獨自走向和車站相反的方向，迎面走來三個女生，其中一個人抱著天文望遠鏡。走在最前面的是水村緋紹子。我停下腳步，她也停了下來。
「妳們先走吧。」緋紹子對兩個學妹說，那兩個學妹偷偷瞄了我們幾眼，快步離開了。
「她們也經常談你的事。」緋紹子目送學妹離開後走過來，「都稱讚你，說你很有勇氣，應該很愛你的女朋友。」
我看著緋紹子的臉，她張大了細長的眼睛，似乎想要洞察我的內心。
「妳怎麼認為？」我問她。
「我怎麼認為，和你有關係嗎？」
「沒關係啊，只是隨口問問，如果妳不想回答就算了。」

「也不是不想回答，只是我也搞不清楚。」
「搞不清楚？搞不清楚什麼？」
「你的心意啊。」緋紹子回答，「我承認你的行為很有勇氣，但也同時覺得，即使真的喜歡由希子，也不可能做到那種程度。」
我收起下巴，抬眼看著她，「妳是什麼意思？」
「沒什麼特別的意思，就這樣而已，但是很奇怪，大家都說你和由希子很久之前就開始交往，我覺得不可能啊。」緋紹子微微偏著頭，一頭長髮在肩膀上滑動。「我也聽說了圍巾的事，今年冬天你戴的圍巾原來是由希子去年聖誕節時送你的。」
我咬著嘴唇。我知道這個傳聞的來由。那天，三年二班的女生問我，由希子有沒有送過我禮物，我隨口回答，她在聖誕節時送了我圍巾。我當時的想法是，既然交往了一年多，如果從來不曾交換過禮物很不自然，但這個回答顯然太輕率了，我應該想到這件事會傳出去。我今年冬天戴的那條圍巾當然不是由希子送的。
緋紹子看到我沒吭氣，慢慢邁開步伐。「算了，這種事不重要，那我走了。」
「等一下。」我叫住了她。
「什麼事？」她轉過頭。
我遲疑了一下說：「由希子只是遭到池魚之殃。」
「什麼意思？」
「那時候我自暴自棄，結果發現由希子在我身邊，就這麼簡單。」

「是喔……」緋紹子微微偏著頭，「所以由希子喜歡你。」
「好像是。」
「原來是這樣。我沒猜錯，我就知道應該是這樣。瞭解了。」緋紹子看著我的眼睛問：「為什麼要告訴我？」
「因為圍巾的事，」我說：「我不希望妳說一些不必要的話。」
「你覺得我會說嗎？」
「不知道，所以我現在要拜託妳，以後別再提圍巾的事。」
「我才懶得告訴別人，」緋紹子把頭一轉，正準備離去，又回頭對我說：「我不知道你要去哪裡，如果不是回家，最好小心點。雖然老師這一陣子的監視鬆懈很多，但並沒有完全放棄監視。」
「我會小心。」我輕輕舉起手。
走在路上時，我發現自己內心鬆了一口氣。我果然希望緋紹子知道真相，知道我並不是真心喜歡由希子。想到這裡，再度陷入了自我厭惡。
我比約定的時間提早五分鐘來到篠田指定的咖啡店，他已經坐在角落的桌子旁。他搞不好是很有信用的人。
「你說媒體已經嗅到這件事，這個消息確實嗎？」我坐下點了咖啡後，立刻進入正題。
「我只是剛好聽到。」篠田說：「我不知道媒體是怎麼嗅到的，聽說有雜誌社打電話到學校，想要瞭解詳細的情況，學校方面當然裝糊塗。」

這件事在校內鬧得沸沸揚揚，有學生在校外談論這件事也不足為奇，或者該說是理所當然。

「你是聽誰說的？」

「我去教師辦公室時，剛好聽到主任他們在小聲談論這件事。」

「是喔，」我說，「所以呢？」

「所以啊，」篠田從書包裡拿出香菸，用廉價打火機點了點，深深地吸了一口。「要不要來一根？」他問我。

「不，我不抽。」

「不必客氣。」

「不是客氣，我不抽菸，我想知道詳細情況。」

「嗯……」篠田把遞給我的菸盒放回桌上，「媒體……媒體已經嗅到這件事，有些老師很害怕。因為一旦被外界知道，到時候慌忙開記者會之類的很丟臉。」

「的確。」

「所以，他們似乎決定在曝光之前採取行動，你知道他們打算怎麼做嗎？」

「不知道。他們打算怎麼做？」

「讓棒球隊退出夏季地區預賽。」

「什麼？」我的臉扭曲起來，「為什麼會扯到棒球隊？」

「這就是玄機。媒體在目前的情況下報導這起事件，就會認為校方在學生指導方面有問題，但如果讓棒球隊先退出比賽，就可以讓人誤以為錯在棒球隊員，也就是把社會的目光導引向學生不單純的異性交往，把焦點轉移到讓女學生懷孕的事實是否嚴重到需要停止參加比賽，這麼一來，就完全不會提到御崎老太婆的事。」

原來是這樣。我咂了一下嘴。

「如果他們敢這麼做，我就要向媒體公布御崎老太婆做的事。」

「即使你不需要你親自去做，也會有人去說，但到時候會不會為時太晚？因為已經提出退出比賽的申請了。」

「對喔……」

「這是不是很嚴重？」篠田說完，起身走向廁所，他把點了火的香菸放在桌上的菸灰缸裡。我看著香菸冒出的煙，回想著他剛才說的話。校方不會主動公布這次的事，但如果知道會被媒體曝光，可能會採取姑息的手段。

無論如何都要阻止被迫退出地區預賽，雖然我們的球隊並不強，但我們就是為了這個目的每天努力練習，不能因為我個人的關係犧牲大家的努力。

這也是為了春美。

春美很期待我們的比賽，如果得知我們球隊無法參加比賽，難以想像她會多傷心。也許她承受的打擊比我更大。

篠田一邊擦手，一邊走了回來。

「怎麼樣？有沒有想到什麼好方法？」

「沒有，」我搖了搖頭，「你說的事，有幾分真實性？」

「我也不知道，我只是剛好聽到那幾個老師在討論，不知道他們會不會玩真的。對校方來說，恐怕也不願意讓社會知道學生有不單純的異性交往這種事。」

「也許吧……」我看著再度伸手拿菸的篠田，「謝謝你來通知我。」

「希望可以對你有幫助，我對那些老師的做法很不以為然，真希望早點畢業。」篠田一臉陶然地吐著煙。

篠田說的事讓我陷入了鬱悶。如果校方打算讓我們退出地區預賽，一定要採取手段加以預防，但我完全不知道該採取什麼具體措施，這比第九局下半局滿壘無人出局的狀況更棘手。

學校內，一年級的學生仍然在進行學校改革的連署運動，二年級的學生正在積極違反校規。一位騎機車上學的學生被老師逮到，差點在校門口打起來。灰藤他們急忙趕來處理，一旁的學生對著他們叫囂：「滾回去。」

大部分三年級學生似乎忘了由希子死了這件事。雖然應該不至於真的忘記，但似乎覺得這種事忘了也沒關係，不如多背一個化學方程式，只有楢崎薰和一部分女生很有毅力地持續攻擊御崎藤江。

我一直擔心灰藤他們會採取篠田所說的行動，也很煩惱是否需要在此之前提出退隊申請，但是，一旦我退出棒球隊，也會對春美造成另一種打擊。

我到底該怎麼辦——日子一天一天過去，我遲遲無法做出決定。

就在我坐困愁城時，又發生了新的事件。這件事比宮前由希子的死更加震撼，而且把許多人都捲入了這場混亂。

由希子死去已經三個星期了。

第二章

1

一走進學校大門，立刻覺得不太對勁。
向來空空蕩蕩的來賓停車場內停了兩輛警車和兩輛陌生的小客車，還有一輛廂型車。
而且，我察覺到另一個異樣的現象。
當我巡視周圍時，發現許多學生都在看我，雖然他們立刻移開視線，但的確是在看我。
我快步走去教室，沒想到在校舍入口看到有一張布告，上面寫著——
「三年三班的學生請去音樂教室　石部」
這是怎麼一回事——我站在布告前，聽到旁邊的女生說話的聲音。
「聽說有人在三年三班的教室被殺了。」
「啊！不會吧？」
「真的啦，而且他們說被殺的是御崎老師。」
我倒吸了一口氣，轉頭看向她們問：「喂，真的嗎？」
其中一個女生的臉上露出膽怯的神情，她似乎認出了我，後退了幾步，馬上轉身快步離開了。

這時，我發現周圍的學生都看著我。他們可能聽到了剛才的對話，但他們也不敢正視我，紛紛逃回各自的教室。

我衝上樓梯，走去音樂教室。音樂教室的門敞開著，裡面傳出亂烘烘的聲音。但是，當我一踏走進教室，這些嘈雜聲戛然停止，每個同學以各種不同的姿勢靜止在那裡，好像按了錄影機的暫停鍵。他們的共同點，就是沒有一個人看我，但當然不是無視我。

這時，另一個同學走進教室。

「聽說中尾被刑警找去問話了。」

那個姓吉田的同學說完，巡視了教室內，一看到站在他身旁的我，慌忙住了嘴。

我走去個子矮小的吉田面前問：「為什麼中尾會被刑警找去？」

吉田聳了聳肩，在嘴裡小聲地說：「因為是中尾最先發現的。」

「發現？發現什麼？」

「當然是屍體啊。」

「御崎的屍體嗎？」

「……對啊。」吉田戰戰兢兢地瞥了我一眼，再度低下頭。

「是他殺嗎？」我問。

「他們說是他殺……」

「你知道是怎麼被殺的嗎？」

「不知道，我又沒看到。」吉田走開了。

我看向其他人問：「還有人看到屍體嗎？」

雖然大家都很在意我，但都不敢抬頭看我，只有一個女生看了我一眼。她姓江島，功課很好，也很好強。我走到她面前，低頭看著坐在椅子上的她問：

「妳看到屍體了嗎？」

江島遲疑了一下，隨即輕輕點了點頭說：「只看了一眼。」

「是怎樣的情況？」

「怎樣的情況……」江島骨碌碌地轉動眼珠子後看著我：「很臭。一走進教室就很臭。」

「很臭？」

「屎尿的臭味。」一個男生在我背後說。

我轉頭看著那個男生後，再度低頭問江島：「是這樣嗎？」

她微微點了點頭，「她好像失禁了。」

我忍不住皺起眉頭。聽到她說「很臭」，教室內有屍體這件事頓時有了真實感。

「屍體倒在地上嗎？」

「嗯。」

「他殺嗎？」

「大概吧。」江島回答，「好像是被勒死的，之前曾經聽說，用這種方式被殺時會失禁，而且……」

「而且什麼？」我追問道。

江島嘆了一口氣，「御崎老師的脖子上繞著藍髮帶，就是我們上體育課時用的藍髮帶。」

「喔，是那個。」那是用來綁在頭上，或是長髮女生用來綁頭髮的髮帶。兇手用這種東西當作兇器嗎？

「真的是御崎嗎？」

「是啊，雖然乍看之下，我以為是陌生女人。」

「原來人死之後，樣子會大不相同。」

「這也是原因之一，」江島撥了撥長髮，「但她沒有戴金框眼鏡，而且身上的衣服也和平時不太一樣。」

「怎麼不一樣？」

「她平時不是都穿米色或是暗暗的淺棕色之類很老氣的顏色嗎？但今天穿著橘色和深咖啡色格子套裝，感覺有點時髦。」

「是喔。」原來她打扮得漂漂亮亮，結果被殺了。「她為什麼死在我們教室？」

「這種事……」江島沒有把後半句的「我怎麼會知道」說出口，但看著我的眼睛，她的眼神似乎在說，這個理由你應該最清楚。

這時，我終於知道為什麼大家都用那種眼神看我。論誰有殺害御崎藤江的動機，當然會最先想到我。

「謝啦。」我向江島道謝後，找到空位坐了下來。其他同學也終於有了動靜，但沒有人大聲說話，到處響起交頭接耳的聲音。沒有人對我說話。

我對御崎藤江遇害沒有真實感。因為我作夢都沒有想到，自己周遭會發生命案，而且，被害人是御崎藤江，又偏偏在這個時候遇害，也未免太巧了。

我在意御崎死在我們教室這件事，兇手想要栽贓給我，所以才選擇那裡作為犯案地點嗎？

隔了一會兒，鈴聲響了。班導師石部臉色鐵青地走了進來，跟在他身後的是最先發現屍體的中尾，他的臉色也很難看，絲毫不比班導師遜色。

「學號一到五號的人，現在跟我一起去三班的教室。十分鐘後，六到十號的人過來。之後每隔十分鐘來五個人，聽懂了嗎？」石部說完，帶著站起來的五名同學走出教室。

我走向中尾，他一看到我，就緊張起來。

「刑警問你哪些事？」

「沒有……什麼特別的。」

「到底是哪些事？你說出來聽聽。」

我知道其他人都屏住呼吸，聽著我們的談話，但現在管不了那麼多。

中尾語氣沉重地告訴我：「像是發現屍體時的情況之類的，我回答說，因為嚇死了，馬上衝出教室，所以幾乎什麼都沒看到。」
「還有呢？」
「還問我知不知道可能是誰幹的……」
「你怎麼回答？」
中尾看著斜下方，沒有回答。我看著他蒼白的脖子問：「你是不是說，西原因為宮前的事憎恨御崎？」
中尾仍然沒有說話。「是不是？」我抓住他的肩膀。
「放開我。」中尾站了起來，好像在躲避什麼髒東西，「我有說錯嗎？」他嘟著嘴唇，斜眼看著我。
我拚命克制自己想要用右手抓住中尾胸口的衝動，咬緊牙關，緩緩點了點頭，讓自己的心情平靜。
「對，沒錯，我的確恨御崎。」我又巡視了周圍的其他同學，「但不是我幹的。」
我坐了下來，教室內沒有人說話。
十分鐘後，下一批的五個人離開了教室。又過了十分鐘，第三批同學離開教室時，教室內再度嘈雜起來，但出去的同學都沒有再回來，教室內的人數越來越少，氣氛也越來越冰冷沉重。
終於輪到我們這一批了。我們學校用男女混合的方式編學號，和我一起走回自己教室的還有兩男兩女。

來到三班的教室前，石部和一個陌生男人等在那裡。陌生男人有一張大方臉，他的身體也很厚實壯碩，絲毫不輸給他那張臉。

「進教室後，聽從教室內警官的指示，檢查一下各自的課桌和置物櫃，如果有異狀，要告訴警官，任何小事都要說。」看起來像是刑警的四方臉男人用洪亮的聲音對我們說。

教室內仍然殘留著污臭，包括身穿制服的警官在內，有幾個男人正在低頭作業，也有人看著我們咬耳朵。我們聽從制服警官的指揮，檢查了各自的物品。我的課桌內沒有放任何東西，置物櫃也上了鎖，裡面只放了去體育館時穿的室內鞋，當然不可能有任何異狀。

「請你們也看一下教室內的情況，如有異常，請記得告訴我們。」制服警官說。我打量著教室，但因為平時從來沒有仔細觀察過，所以搞不清楚到底是異常還是正常，唯一的異常，就是最前面的窗邊地上畫了一個白色的人形。

「咦……」正在檢查教室後方置物櫃的男生伊藤突然嘀咕了一聲。

「怎麼了？」警官問。

「這本字典不是我的，還有這兩本書也不是。」伊藤從自己的置物櫃裡拿出一本很厚的英文字典和兩本參考書。

「等一下。」警官走去教室前方，帶了一個身穿西裝的男人走了回來。那個男人曬得很黑，肌肉也很緊實，看起來好像是游泳隊的。

「你最後一次看置物櫃是什麼時候？」黑皮膚刑警問。

「昨天放學後。」
「有沒有鎖？」
「沒有。」
「為什麼？」
「為什麼……」伊藤抓了抓頭，「因為很麻煩，而且裡面也沒放東西。」深度和高度都不到五十公分的置物櫃根本派不上用場，很不好用。
「你平時也都不鎖嗎？」
「對……」
「有沒有少什麼東西？」
「沒有。」
「嗯。」刑警抱著雙臂沉思起來，點了點頭後對伊藤說：「好，那請你留下名字，還有電話。」
膽小的伊藤臉頰忍不住抽搐了一下。
走出教室時，石部叫我們去自然教室等候。原來是用這種方式避免我們「串供」，難怪先來的同學沒有再回到音樂教室。
「啊，西原先不要走。」我走了幾步，石部慌忙叫住了我。
「因為想要問你幾個問題，」站在石部旁的方臉刑警說：「可以嗎？」
我看向石部，我們的班導師低著頭，用手捂著嘴。

「可以啊。」我說。反正早晚要面對這個局面。

方臉刑警點了點頭，打開教室的門，叫了一聲，剛才那個黑皮膚刑警走了出來。

「走吧。」方臉刑警熟絡地把手搭在我肩膀上。

我們走進了小會議室，會議室內沒有人，我和他們在一張小桌子前面對面坐了下來。

「呃，那就先自我介紹一下。我是縣警總部搜查一課的佐山，他是轄區警局的溝口巡查部長❶。」

「請多關照。」溝口對我說。年長的四方臉是佐山，年輕黑皮膚的是溝口。

「那就談正事吧。你知道我們想問你什麼問題嗎？」佐山面帶微笑問我。

「大致可以想像。」我回答。

「喔？你認為是哪些問題？」

我用力皺起眉頭，「要我自己說嗎？」

佐山仍然笑嘻嘻的，「我們想聽你說。」

我嘆了一口氣，開口說了沒幾句話，就被他們牽著鼻子走，我只好大致說明了宮前由希子車禍的情況，以及御崎藤江和這起車禍有關的事。我在說話時忍不住想，這下子無論學校方面再怎麼絞盡腦汁，也無法向世人隱瞞由希子車禍的事了。不知道棒球隊參加地區大賽這件事會不會生變。

「總之，」說明完所有情況後，我對刑警說：「全校的人都知道我恨御崎老師，你們也是因為這個原因來調查我，不是嗎？警方一定認為我有殺人動機。」

「目前還沒有這麼認為，」佐山的笑容變成了苦笑，「因為我們還不知道你對御崎老師的恨意有多強烈。」

「當然不可能不強烈，」溝口一臉嚴肅地插嘴說：「因為你認為是她害死了你的女朋友。」

我無法否認這一點。

「御崎老師真的是被人殺害嗎？」我問他們，「絕對不可能是意外或是自殺嗎？」

「說到絕對，就很難說了，但基本上不會有錯。」佐山說話的語氣比他說的內容更有自信。

「聽說是被勒死的。」

「是啊，脖子上留下了痕跡。」

「兇器是女生上體育課時用的髮帶？」

聽到我的問題，兩名刑警互看了一眼，然後緩緩轉頭看向我。佐山問：「你知道得很清楚嘛。」

「我是聽看到屍體的同學說的。」

❶譯註：巡查部長為日本警察的警階之一。日本警察的警階由下而上為巡查、巡查部長、警部補、警部、警視、警視正、警視長、警視總監，警視總監是警視廳的首長，也是警察的最高階級。

「原來是這樣。」佐山注視著我的眼睛，似乎試圖看透我的真心，但我不知道這番話的重點在哪裡。

「聽到御崎老師死了，」佐山再度開了口，「你有什麼感想？」

「沒什麼感想。」我說：「當然很驚訝，但這是對發生命案所產生的驚訝，對她的死本身並沒有特別的感覺。」

「沒有覺得她活該嗎？」

我輪流看著眼前這兩位刑警的眼睛，乍看之下，他們的表情很平靜，但眼神都銳利得像刀子。

我思考著該怎麼回答。如果真的是由希子的男朋友，發自內心地愛著她，看到御崎死了，會樂得手舞足蹈嗎？還是像我現在這樣，有一種像似慾求不滿的不快和空虛？

「怎麼樣？」佐山催促道。

「我搞不清楚，」我回答說：「即使她死了，由希子也無法復活，但也許內心稍微有這種想法，覺得她是活該……」我也知道這樣的回答很不漂亮。

「原來是這樣，」佐山連續點了幾次頭，似乎無法掌握我內心的想法，他微微探出身體問：「在你眼中，御崎老師是怎樣的人？」

「怎樣的人……」

「平時就是很惹人討厭的老師嗎？」溝口在一旁插嘴，「像是完全不瞭解學生的心情。」

「這個嘛，」我偏著頭，「也許她有自己的想法，但站在我們學生的立場，覺得她只是把自己的教育方針強加在我們身上。她對違反校規這種事異常嚴格，有時候懷疑她腦筋是不是有問題。話說回來，以教師的立場來說，可能算是優秀的老師吧。」

「很多學生都恨她？」佐山問。

我想了一下，看著他問：「除了我以外？」

佐山苦笑著說：「是啊，除了你以外。」

「這我就不太清楚了，應該很多人討厭她，」我看著兩名刑警後搖了搖頭，「但應該不至於想要殺她。」這是我坦率的意見。

兩名刑警又互看了一眼，我不知道他們互看所代表的意義。

佐山搓著手，向我探出身體。「我想問你一個問題，你向御崎老師和學校抗議，想得到怎樣的結果？或者說，想要他們怎麼做？」

「不是什麼了不起的事，我只是希望他們承認自己的行為是錯誤的，也因此造成了由希子的死亡，就這樣而已。」

「但御崎老師和學校方面都不承認。」

「對。」

「你一定很不甘心吧？」

我想了一下說：「是啊。」我只能這麼回答。

「所以你有什麼打算？應該並不想就這樣忍氣吞聲吧？」

「是啊，但是……」我搖了搖頭，「老實說，我不知道該怎麼辦。我不可能訴諸媒體，也不知道該怎麼聯絡媒體。況且，事情鬧大了，會對我父母和妹妹產生影響，也會波及球隊成員和朋友。真正想要為心愛的女人報仇的人，或許不會想這麼多。」

「不，這才是正常的想法吧，」佐山一臉嚴肅地說：「除了自己以外，為他人著想也很重要，但這麼一來，你對御崎老師的憎恨就無處宣洩，只能壓抑在心裡了。」

一旁做紀錄的溝口停下手看著我，他的眼神好像在觀察植物生長。也許這就是刑警的眼神。

「不是我幹的。」我盡可能用平靜的聲音說道：「我沒那麼傻。」

佐山臉上的表情靜止，凝視著我的臉，但嚴肅的表情像冰淇淋般溶化了。他搖著手化解了緊張的氣氛。「你不要露出這麼可怕的表情，我們並沒有特別懷疑你，但你應該也知道，目前的狀況讓我們不得不懷疑。我們也很不願意啊，希望你能理解。」

「雖然能夠理解，但心情不太好。」

「彼此彼此啦。」溝口一派輕鬆地說完，乾咳了一下。我瞪著這個黑皮膚的刑警。

「對了，」佐山問：「你昨天幾點離開學校？」

「快六點的時候。棒球隊練習結束後，在活動室和隊友聊了一下就回家了。」

「幾點到家？」

「差不多六點半左右。」他們在確認我的不在場證明。

「之後有沒有出門？」

「我一直在自己的房間，你們去問我家人就知道了。」說完，我抓了抓耳朵，「家人的話好像無法成為證據。」

「但也不至於無視，我們也許會去確認一下。最後再請教一個問題，你知道體育館後面的鐵網有一個破洞嗎？」

「你是問那個破洞？」

「嗯，看來你知道。」

「大部分學生都知道啊。」

學校周圍用水泥牆和鐵網圍了起來，但鐵網上剛好有一個可以讓一個人鑽過去的破洞，想要蹺課的學生剛好可以從那個破洞鑽出去。

「那個洞怎麼了？」

「不，沒什麼——還有其他要問的嗎？」這句話不是問我，而是問溝口。

「我剛才就很在意，」溝口闔起筆記本，指著我的左手問：「你的手怎麼了？看起來很嚴重。」

他指向我從左手手腕一直纏到大拇指的醫療膠帶。我向他解釋，昨天清晨練習時被打到觸身球。

「對打球有影響嗎？」

「接球沒問題，但打擊還不太行。」

「醫療膠帶是誰幫你纏的？」

「保健室的古谷老師。」

「之後就沒拆下來嗎？」

「昨晚洗澡前拆下來過，我很小心地拆，今天早上又自己包了回去。因為醫療膠帶還很黏，而且原本打算來晨訓。」

「是喔。」溝口看了佐山一眼，佐山打量了我的左手腕片刻後說：「棒球也是很辛苦的運動項目嘛。」

2

第四節課時，大部分警察都離開了，只剩下幾名刑警而已。幾輛警車陸續駛出大門外，得知消息的媒體已經守在大門口向校園內張望。校內連續廣播數次，請學生今天盡可能不要離開教室，放學時遇到記者採訪，也不要回答任何問題。

下課時，學生都留在教室內。看向窗外時，只有老師和幾個陌生的男人，也就是刑警在外面走動。觀察刑警的行動，發現他們似乎在找什麼東西，卻完全猜不透他們要找什麼。

午休時，我到合作社買了三明治和果汁，然後去屋頂。平時我都去食堂吃午餐，今天別人的眼神讓我感到厭煩。雖然校規規定，未經允許，不可以去屋頂，但只有那裡不必在意他人的眼光。

我吃著豬排三明治和火腿三明治，低頭看著午休時間卻空無一人的操場。天氣很不錯，如果沒有發生命案，今天是打棒球的好日子。每次比賽，就一定會下大雨。

喝完果汁，走向階梯準備下樓時，一個女生走了過來，是水村緋紹子。從她臉上驚訝的表情可以知道，她並不知道我也在這裡。

「你在幹什麼？」她右手按著長髮，左手按著裙子問。這裡的風很大。

「吃午餐啊。」說完，我舉起三明治的袋子。

「真難得，你居然會來這種地方。」緋紹子慢慢走過來，背靠著鐵網。

「妳經常來這裡嗎？」

「有時候。」緋紹子和我剛才一樣，俯視著操場，然後又轉身看著我說：「發生這種事，你很傷腦筋吧？」

「是啊，」我回答：「剛才還被刑警找去問話。」

她驚訝地張大了嘴，但立刻點點頭，掩飾自己的驚慌，「他們懷疑你？」

「畢竟我有動機啊，被懷疑也是無可奈何的事。」

「所以，你是怎麼說的？」

「說什麼？」

「就是那個啊，」緋紹子舔了舔嘴唇，又眨了眨眼，「你和由希子的關係。」

我單手插在口袋裡搖了搖頭，「什麼也沒說，只說我們是男女朋友。」

緋紹子用力吸了一口氣，靠在鐵網上，抬眼看著我，才把氣吐出來。「所以你無意說出真相。」

「真相？」

「比方說，圍巾是誰送你的。」

我瞪著緋紹子，走到她面前。「我不是叫妳別再提這件事嗎？我上次已經說了，不要對任何人提起圍巾的事。」

「我才沒告訴別人。」

「也不要在我面前提起。」

緋紹子嘆了一口氣，「所以你打算演到最後，」我露出訝異的表情，她又補充說：「扮演由希子的男朋友這個角色。」

我站在緋紹子旁，抓著鐵網。

「我們的確是男女朋友，」我說：「由希子的確是我女朋友，不管別人說什麼，這已經是無法改變的事實，不可以改變。」

緋紹子露出哀傷的眼神打量著我。「接下來你會更痛苦。」

「我知道。」我也看著她的眼睛說：「沒辦法，因為本來就是我的錯。」

「也許吧。」緋紹子微微偏著頭，「我還要留在這裡一下。」

「那我先走了。」我輕輕舉起一隻手，走向階梯。在打開門走進去時回頭看了一下，緋紹子也按著頭髮看著我。

這天幾乎沒有好好上課，第五節課也是自習。我在音樂教室最角落的座位發呆，聽到身後有人叫我的名字。回頭一看，班導師石部在教室門口向我招手。

「你去學生輔導室一下，灰藤老師在等你。」

「有什麼事嗎？」

「詳細情況我也不太清楚。」

都一把年紀了，還要叫我跑腿嗎？我很想這麼說，但還是忍住了，走出了音樂教室。

走進充滿不美好回憶的學生輔導室，發現只有灰藤一個人在裡面，但臉上已經沒有前幾天的從容，好像一下子老了十歲。

「聽說刑警找你去問話？」灰藤仍然用高高在上的態度對我說話。

「對啊。」我回答。

「他們問了你哪些事？」

「很多事啊。」

「你說很多事，我怎麼知道是哪些事？具體問了些什麼？」

「宮前車禍的事，還有對這起命案的看法之類的。」

「你是怎麼回答的？」

「我說——」我正想回答，但立刻閉了嘴，然後看著灰藤，「這是隱私，我不想說。」

他挑了挑眉毛，但並沒有像平時一樣喝斥我。他似乎克制著內心的怒氣，嘆了一口氣，用低沉的聲音問：「還有呢？」

「還問我幾點離開學校，幾點到家。應該是在調查我的不在場證明吧。」

「是喔……」灰藤用食指咚咚敲著桌子，當他停止時看著我：「警方在懷疑你嗎？」

「我也不太清楚，但應該在懷疑我吧。」

「我想也是。」灰藤露出不耐煩的表情，「但你不要忘了，你這是自作自受。」

我決定把這句話當成耳邊風。

「還有其他事嗎？沒有的話我要回去上課了。」

「嗯，你走吧。」灰藤用下巴指著門口的方向，我默不作聲地站了起來，不發一語地走了出去。不舒服的感覺令我作嘔。

我快步走在走廊上，看到走廊盡頭那扇門，立刻衝進了旁邊的廁所。走廊盡頭是保健室，門上有玻璃窗，我隔著玻璃窗，看到了剛才向我問話的那兩名刑警在裡面。

我小心翼翼地從廁所探出頭，發現兩名刑警剛好走出保健室。我再度把頭縮了回來，過了一會兒，再度探頭張望，刑警已經離開了。

我走出廁所，從門上的玻璃窗向保健室內張望，看到中年女老師古谷老師正在桌前寫什麼東西。

我輕輕打開門，叫了她一聲。古谷老師彎在桌前的身體向後仰。

「啊喲，嚇了我一跳。」老師說完，轉過頭來，但看到是我，露出更驚訝的表情。

「西原……怎麼了？」

「刑警剛才來這裡幹什麼？」

「喔……你看到了？」

「剛好看到，他們在調查什麼事？」

古谷老師露出為難的表情，我知道她在思考該怎麼回答。她的視線瞥了我的左手腕一眼，我立刻恍然大悟。

「我的手有什麼問題嗎？」我抬起左手，注視著老師的眼睛。

古谷老師似乎仍然在猶豫，最後嘆了一口氣說：

「他們問了醫療膠帶的事。」

「醫療膠帶？為什麼？」

「他們沒說，只問了是哪一種尺寸的醫療膠帶，最近是不是曾經為哪位學生包過醫療膠帶……」

「妳回答說，是棒球隊的西原。」

古谷老師緩緩閉了一下眼睛，代替了她的回答。

溝口刑警對我的手腕有興趣，絕對不是沒事找事，他們的每一個行動背後都有意義。但是，他們為什麼在意這件事？

「他們還說想要你貼的那種醫療膠帶，但幫你纏了之後剛好用完，所以就把空盒子給他們了。」

「他們還有沒有問其他的問題？」

「還問了你受傷的情況，手指活動的程度。我就照實說了，沒問題吧？」

「當然沒問題，還問哪些事？」

「他們只問了這些問題。」

「是喔……」我再度看著自己手腕上的醫療膠帶，完全猜不透和命案有什麼關係。

「西原，」古谷老師用訓誡的口吻說：「我覺得你不必太在意，刑警先生說，他們只是作參考而已。」

「刑警才不會說實話，」我苦笑著說：「但是，我並不在意，他們調查我也是理所當然的。」

古谷老師垂下雙眼，似乎對自己的無力感到自責。我向她鞠了一躬說：「打擾了。」然後走出了保健室。

這天一直上到第六節課，但我們班只有兩堂課有老師，其他四節課都是自習。之後一直沒有收到命案的後續消息。雖然有各種傳聞，但都是在江島說的內容基礎上添油加醋而已，唯一令我在意的是，由御崎擔任副班導師的班上也有幾個人被警方叫去問話。當刑警問他們認為兇手可能是誰時，應該所有的人都會說三班的西原很可疑。

第六節課下課後，班導師石部愁容滿面地走了進來，再度提醒我們要提防媒體的採訪。同時還補充說，如果警方找我們問案，一定要和校方聯絡。

「目前有什麼進展嗎？」坐在前面的男生問。

「沒有，」石部搖了搖頭，「目前還不知道，接下來才是關鍵。」

幾個學生不停地偷瞄我。

校方命令暫停社團活動，上完班會課只能回家。我剛走出教室，川合一正和楢崎薰在門口等我。我今天第一次看到他們。
「你今天很慘吧？」薰擔心地問。
「是啊。」
說完，我抓了抓鼻子，班上的同學走過我們身邊，他們用好奇的眼神看著川合和薰，可能覺得他們這種時候還敢找我說話很奇怪。
「你們最好和我保持距離，不然會被認為是同夥。」
「別說這種無聊話，回家吧。」川合用下巴指著走廊前方。
有幾個老師在大門附近監視媒體的舉動，走出大門，通往車站的路上，也不時看到老師的身影。他們這麼大費周章，到底想要隱瞞什麼？學生談論學校的事有這麼丟臉嗎？既然這樣，校方為什麼不做一些讓學生說出去也不會覺得丟臉的事？
「感覺有點像開高峰會的時候，」川合小聲地說：「各國元首經過的地方，不是都有警官站崗嗎？」
「不管是警察還是老師都一樣，公務員的想法都是那副德行。」薰咒罵道。
我們搭了電車，但不想馬上回家，所以在中途下了車。車站前的商店街有一家我們常去的咖啡店。
在角落的桌旁坐下來後，我簡單扼要地說了今天發生的事。他們默默聽著，甚至沒有附和。
「該怎麼說，像這種不在場證明或是殺人動機之類的，聽起來好像很不真實。」聽我說完之後，川合用小茶匙攪動著咖啡說道。

「不瞞你說，我也一樣，至今仍然沒有真實感。」

「這很正常啦，」楢崎說：「但到底是誰幹的？」

「應該是校內的人吧，像是老師、學生或是事務員之類的。」川合說。

「那倒不一定，不能因為在學校遭到殺害，就認定兇手也是學校內部的人，搞不好兇手就是為了讓人這麼想，才特地選擇在學校內行兇。」

「也對。所以說，可能和御崎老太婆的私生活有關。」

「是啊……」

私生活。那個女老師也有私生活嗎？我從來沒有想過這件事。

「門衛那傢伙不知道有沒有看到什麼。」薰停下正舀巧克力香蕉船的手說道：「如果晚上有人出入學校，門衛完全沒有發現，就是失職啊。」

她說的門衛就是警衛。大門左側有一個警衛室，有一個乾瘦的爺爺在那裡值班。

「搞不好沒看到，兇手和御崎應該沒有走正門。」

薰聽了嘟起了嘴唇，「你怎麼知道？兇手不可能從警衛室前走過倒是能夠理解。」

「如果警衛看到御崎進去，卻一直沒有出來，一定會覺得奇怪，然後去察看發生了什麼情況。」

「喔，原來是這樣。」

「搞不好御崎在放學後一直留在學校呢？」川合提出了另一種可能，「這樣的話，警衛就不可能看到她走進去。」
「不，不可能。御崎回家一趟，然後再來學校。」我斷言道。
「你很有自信嘛，有什麼根據嗎？」川合問我。
「因為她換了衣服。」
「換衣服？」
「換了時髦的衣服。」
我把從江島口中得知，御崎身上的衣服和平時不一樣這件事告訴了他們。
「橘色和深咖啡色格子套裝，」楢崎薰露出好像在做英文填空題時陷入了沉思的煩惱表情，她的英文很好。「的確和她平時在學校時穿的衣服不一樣。」
「御崎是怎麼走進學校，卻又不被警衛發現？」
川合一臉不解的表情，我告訴他：「應該是鑽那個破洞吧。」
「鑽那個破洞？你是說體育館後方的嗎？」
「對啊，」我點了點頭，「刑警問我知不知道那個破洞，當時我搞不懂他們為什麼問我這個問題，現在終於知道了。警方認為御崎和兇手很可能從那個洞出入。」
「既然兇手知道那個洞，代表果然是學校的人。」
川合握緊了拳頭，薰否定了他的意見，「那可不一定，御崎老太婆可能有點困難，但行動敏捷的人輕輕鬆鬆就可以跳過那道圍牆。我們蹺課的時候是因為翻牆太明顯，所以才會鑽那個洞。」

「同意，」我也表達了意見，「如果是晚上，即使爬上鐵網，也不必擔心被人發現。」

「是喔。」川合把臉皺成一團，抓著脖子後方，他停下手，突然輕輕笑了起來，「這樣聊一聊真不錯，我們至少瞭解了御崎和兇手的行動。」

我苦笑著說：「我們只是猜到了他們進入學校的方式。」

「是沒錯啦。」

「接下來就是他們是怎樣見面的，」楢崎薰說：「應該是某一方約了另一方見面。」

「應該是兇手約御崎見面吧，目的是為了殺她。」川合毫不猶豫地回答。

「照理說，應該是這樣。」但薰的表情似乎並不認同這種說法，她稍微想了一下，抬頭看著我問：「聽說兇器是女生上體育課時用的髮帶，真的嗎？」

我回答說，的確是這樣。而且，目前也查出了是誰的髮帶。是一個姓楠本，不太起眼的女生。她平時就很懶散，置物櫃也很少上鎖。於是，兇手拿了她的髮帶，作為勒死御崎的兇器。她得知是自己的髮帶時很難過，像小孩子一樣哭了起來。

「兇手用了現場的髮帶，代表原本並沒有準備兇器。」楢崎薰用食指敲著自己的臉頰，「所以，搞不好兇手一開始並沒有打算行兇。」

我和川合一正互看了一眼，然後看著楢崎薰點了點頭，「有道理。」

「的確有道理。」

「所以是在衝動之下動手殺人？」我雙手抱在腦後，看著被尼古丁燻得變成黃色的天花板。「他們見面說話後，兇手產生了殺意，趁御崎不注意，從置物櫃裡拿出髮帶把她勒死……」

「聽起來好像有點勉強，」川合說，「要趁御崎不注意似乎不太可能，而且兇手應該也不知道哪個置物櫃裡放了髮帶。」

「你說得對，」我把雙手重重地放在腿上，「我搞不懂。」

「現場還有什麼異常的地方？」

「很臭，御崎失禁了。」

川合和薰同時皺起了臉。

「我是問你有沒有線索。」

「線索……」我覺得我們三個人有點像偵探，這時突然想到一件事，「對了，伊藤說，置物櫃裡有不是自己的字典和參考書。」

「伊藤喔，」川合點了點頭，「我認識他，有點呆呆的。」

「字典和參考書是誰的？」

「是我們班上的其他同學放在置物櫃裡的，伊藤和那傢伙的置物櫃都沒有上鎖。」

「等一下，所以是兇手把某個置物櫃裡的字典和參考書拿出來，放在另一個置物櫃嗎？」

「嗯，沒錯，就是這樣。」我看著川合回答。

「為什麼這麼做？」

「我怎麼知道。」然後我看著薰，「妳有沒有想到什麼？」

「完全沒有，」她說：「沒有任何概念。」

我想也是。我伸出下唇，喝著杯子裡的水。杯子裡的水變溫了。

「今年夏天恐怕會很慘，」我嘆著氣說：「根本沒辦法好好練習，隊員的心情也都很浮躁，搞不好我應該辭去隊長。」

他們立刻臉色大變。

「你在開玩笑吧？」川合的聲音有點生氣。

「不，我是認真的。我繼續留在球隊，真的會有負面影響。」

「命案的發生並不是你的錯，」楢崎薰注視著斜下方說：「由希子的死也不是你的錯，所有隊員都很清楚這一點。」

「我是說，我不想給球隊添麻煩。老實說，繼續這樣下去，我們有可能無法參加地區預賽。」

「到時候再想辦法啊。」

「對啊。」

「而且，」川合撇著嘴角說：「即使你現在退隊也來不及了，如果前隊員有問題，高棒聯盟不可能睜一隻眼，閉一隻眼。」

「那倒是，」我抓了抓頭，「好了，差不多該回家了。在發生命案的當天，被人看到我們聚在這種地方就麻煩了。」

薰用鼻子冷笑一聲，小聲地說：「早就被人發現了。」

「啊！」我和川合驚訝地想要看周圍，薰低著頭說：「別看。坐在入口旁穿深藍色西裝的大叔跟著我們走進來，剛才一直看我們。」

我看向那個方向，的確有一個男人符合薰描述的特徵。他假裝在看報紙，但和我視線交會時，慌忙看向別的地方。

「真傷腦筋，」我對川合和薰說：「你們最好不要再靠近我。」

「不必理會就好，就當成是保鑣嘛。」薰抽了一張面紙，擦了擦嘴角的巧克力。

3

回到家時，發現玄關的感覺和平時不太一樣。在我脫球鞋時，發現是因為那裡有兩雙陌生的皮鞋，兩雙鞋都很舊。

母親一臉擔心地從客廳走出來，「有警察來家裡。」

「是喔。」我有點緊張，但沒有太驚訝。對他們來說，我是最可疑的對象，當然要徹底調查。對我來說，他們好好調查，也可以證明我的清白。

「今天在學校發現了一具屍體。」

母親聽到我這麼說，輕輕點了點頭，「聽說了，是御崎老師？」

「被人勒死了。」

「啊喲……」母親皺起眉頭，摸著手臂，可能起了雞皮疙瘩。

白天見過的刑警佐山和溝口坐在客廳的雙人沙發上，春美心愛的史努比娃娃擠在他們中間，手腳都被他們壓在下面。

「你這麼晚才回家。」佐山露出親切的笑容。

「我也有應酬啊。」我回答說。那個監視我們的刑警一定已經告訴他們，我和川合、薰一起去了其他地方。

「你的朋友對這起命案有什麼看法？」

「不太清楚，和他們沒有太大的關係，我的朋友都只是擔心我被當成了嫌犯。」

佐山露出傷腦筋的表情說：「我們並沒有把你當成嫌犯，對我們來說，你是很重要的情報提供者。」

「這種場面話就不必說了，有什麼事嗎？」

「不，沒什麼重要的事。」佐山用手拇指抓了抓眉毛上方，「你知道教室裡的瓦斯閥在哪裡嗎？」

「什麼？」我發出反問的聲音，因為我不知道他在問什麼。

「瓦斯的總開關。冬天使用暖氣時，不是會用橡皮管接在那裡嗎？你知道那個瓦斯閥在教室的哪個位置嗎？」

「應該在教室前方吧，有什麼問題嗎？和命案有關嗎？」

「目前還不知道有沒有關係。」溝口冷冷地說，「所以要調查啊。」

「為什麼要調查瓦斯閥的位置……」

在我說話的同時，佐山再度問我：「你說應該在教室的前方，可以想起正確的位置嗎？」

「你突然這麼問，我也不知道。」我用手托著臉頰思考為什麼刑警會問瓦斯閥的位置。「升上三年級後，還沒有用過暖氣，所以我不敢斷言，但暖氣通常都會放在靠窗的位置。」

「沒錯，就是在靠窗的位置。」佐山說：「在黑板的斜下方，有一個金屬蓋子，打開金屬蓋，就是瓦斯閥，使用時，可以把它拉出來。」

「啊，沒錯，就是這樣。」

「換到目前這個教室後，還沒有使用過吧？」

「當然啊，沒有暖氣，要怎麼用？」

「我想也是。」佐山拍了兩下腿，看著我說：「命案的現場，也就是你們的教室內，瓦斯閥被拉了出來。」

我皺著眉頭，看著刑警的眼睛，「有什麼目的？」

「不知道，所以目前正在調查。」

「兇手想要用瓦斯做什麼嗎？」

「做什麼？」

「比方說，一開始打算用瓦斯中毒的方式殺人。」

「原來如此，」佐山點了點頭，「那為什麼又改成勒死呢？」

「可能覺得勒死的方法更徹底吧。」

我只是隨口回答，沒想到一旁的溝口插嘴說：「一定是這樣。你的推理能力很強，簡直就像知道真相。」

「開什麼玩笑嘛。」我瞪著他，但對於正在偵查命案的刑警來說，我的眼神完全沒有任何威力。

「你的傷勢怎麼樣了？」佐山指著我的左手腕問。雖然他故作輕鬆，但我內心不由地緊張起來，因為我已經知道他們很在意醫療膠帶的事。

「還好啦。」我回答。

「你是昨天早上受的傷？」

「對。」

「昨天晚上洗澡拆下來之前，一直都包著嗎？」

「對，有什麼問題嗎？」我反問他，但他完全無意回答。

「有沒有人問起你的傷勢？」

「有幾個人啊，問我怎麼了，就像打招呼一樣，所以我也就隨口回答了。」

「有沒有人要求給他看醫療膠帶？」

「這個嗎？」我舉起左手，「不，沒有人要求。」

「是喔。」佐山露出嚴厲的表情，和溝口互看了一眼，點了點頭，面帶笑容站了起來。

「不好意思，突然上門打擾。日後可能還有問題要請教，到時候就拜託了。」

「我無所謂，但下次希望在學校的時候問我。」

「我們當然也是這麼打算。」佐山說話時稍稍用力。

刑警離開後，母親不停地問我警察到底問了些什麼。雖然我有點不耐煩，但想到刑警上門找兒子，所有的父母都會擔心，所以就把剛才的對話告訴了她。

「警察在懷疑你嗎？」母親聽完後，臉色鐵青地問我。

「大概吧。」

「什麼大概吧……」

「有什麼辦法？因為之前發生了那件事啊。」我躺在刑警剛才坐的沙發上冷冷地回答。

「刑警問我，昨天晚上你在哪裡。」母親站在那裡，低著頭說。

我抬起頭，「妳怎麼說？」

「我就實話實說啊，你和我們一起吃晚餐，之後一直在自己房間。」

「這樣就好了啊。」我把史努比娃娃墊在腦袋下，這時，面向庭院的落地門打開了，春美走了進來，我慌忙把史努比放到一旁。

「那兩個刑警好像走了。」春美說。

「春美，妳不是在自己的房間嗎？」

「我在照顧花啊。」

「妳怎麼可以隨便跑出去？趕快去漱口、洗手。」

「我知道，不要把我當成病人。」春美氣鼓鼓地走向廚房，轉過頭對我說：「他們檢查了你的腳踏車。」
我整個人坐了起來。「真的嗎？」
「嗯，他們把罩子掀了起來，摸了摸輪胎有沒有氣。因為我在樹叢後面，他們好像沒發現我。」
「是喔……」
原來如此。我知道是怎麼一回事了。那兩名刑警在判斷我騎腳踏車移動的可能性。從我家到修文館高中大約二十公里，只要一個小時就可以騎到。當我在思考為什麼要調查我騎腳踏車的可能性時，立刻找到了答案。也許死亡時間是在電車末班車之後的半夜。
「被殺的是那個老師吧？」春美問。她似乎已經知道御崎藤江所做的事。
「是啊。」我回答。
「那死了也沒關係，誰叫她對由希子姊姊做那麼過分的事。」
「春美！」母親用並不算太嚴肅的口吻責備她。
「哥哥，我覺得可能有人代替你報仇。」說完，春美轉身走向廚房。我無言以對，瞥了一眼母親，緩緩起身走出了客廳。
入夜之後，家裡的電話響個不停。前兩通是在新聞報導中看到命案消息的親戚，他們知道我讀的是修文館高中，所以特地打來關心，只不過他們作夢都不會想到，我被警方視為嫌犯。
然後是兩通惡作劇電話。其中一通說了一句：「你是兇手吧？趕快去自首。」然後就掛了電話。另一個是年輕女生的聲音，「謝謝你殺了那個老太婆。」這通電話反而讓人感到可怕。

父親深夜回家。雖然是家電廠商的下游承包商，但一旦成為老闆，即使家裡有刑警上門的日子，也必須像平時一樣繼續工作。

我在自己房間等待父親來敲門，做好了又要被問一大堆問題的心理準備，但等了很久，父親仍然沒有上樓。

翌日早晨也沒有見到父親。當我換好衣服下樓時，他已經出門上班了，餐桌上放著他吃完火腿蛋的餐盤。

「爸爸有沒有說什麼？」我問正在廚房用平底鍋做早餐的母親，「妳把命案的事告訴他了吧？」

母親把我和春美的火腿蛋裝在盤子裡，若無其事地說：「爸爸早就知道了。」

「爸爸？他消息真靈通，是看了新聞報導嗎？」

「他說刑警去了他公司。」

「去了爸爸的公司？去幹什麼？」

「好像是打聽你的情況，他們問，可不可以詳細說一下案發當天晚上，你兒子在家裡做什麼？」

「是喔……」我有點被他們的執著嚇到了。在向家屬瞭解兇手的不在場證明時，家屬可能為了袒護而說謊，但如果同時向不同的家人問話，由於事先無法串供，就可能露出破綻。這就是他們的目的。

「爸爸說什麼？」

「他說不必在意。」母親把火腿蛋放在我和春美面前，「他說要相信莊一，不會有問題。」說完，母親看著我。

我皺起眉頭，抓了抓耳朵。「是喔，真假惺惺。」

「哥哥，不可以說這種話。」春美用手肘捅我的腰。

我拿起叉子，刺破了蛋黃。

吃完早餐後，我打開報紙的社會版，發現第二版以很大的篇幅刊登了昨天的事件。知名縣立高中的女教師遭到殺害——差不多是這樣的內容。雖然標題很大，報導內容卻很空洞。學校方面的封口令似乎奏了效，報導中完全沒有提及宮前由希子的車禍。校長的談話——我太驚訝了，簡直難以置信。御崎老師熱心教育，經常在學校加班到很晚。昨晚應該也是在加班時遭到暴徒攻擊。我不相信兇手是校內人士，完全猜不透是誰幹的——簡直是在睜眼說瞎話。

我看了兩次報導內容，第二次時，有一個地方引起了我的注意。

在說明屍體時，只寫了「脖子上留下了疑似被繩子之類的東西勒過的痕跡」，完全沒有提藍色的髮帶。

真奇怪，我忍不住這麼想。

這篇報導應該是記者根據警方公布的內容所寫，如果警方公布屍體的脖子上繞著藍色髮帶，報社不可能不提這件事，顯然警方隱瞞了兇器是藍色髮帶這件事。到底為什麼？因為屬於偵查上的秘密嗎？

即使我想破了頭，恐怕也找不到答案，所以我剪下這篇報導，塞進了口袋。

學校仍然彌漫著昨天的異樣氣氛，但我們班今天仍然必須在音樂教室上課。當我走進音樂教室時，教室內頓時鴉雀無聲。西原莊一是兇手的說法似乎比昨天更強烈了。

離上課還有一點時間，我走去原來的三年三班教室。門上貼著「非請莫入」的紙，但我沒有理會，走進了教室。因為我發現那張紙上是班導師石部寫的字。

我走向御崎屍體曾經倒地的位置，是窗邊的最前方。我以為警方畫的白色人形還留在地上，沒想到已經擦乾淨了。

黑板旁的牆壁上有昨天刑警提到的收納式瓦斯閥，目前蓋著蓋子。我小心翼翼地打開蓋子，以免留下指紋，但沒有看到任何異常。瓦斯閥關著，也套上了橡膠套。

兇手為什麼把瓦斯閥拉出來？

我想了一下，但除了昨天對刑警說的，兇手試圖用瓦斯中毒的方式殺人以外，想不到任何可能性。而且仔細思考後發現，這裡是天然瓦斯，根本不可能一氧化碳中毒，難道兇手不知道這一點嗎？

我站在屍體所在的位置打量周圍，正當我覺得並沒有任何異常時，就一眼看到了異常，就在窗戶上。

教室內使用的是鋁窗，目前緊緊關閉著，窗戶的軌道上有數公分的凹陷，好像被人用力敲打過。仔細一看，在距離三十公分處，還有另一個凹陷。

怎麼會有這個？——我不知道是不是之前就有的。畢竟我連瓦斯閥的位置都記不得，更不可能記得窗框上有沒有凹了一塊。

我回到自己原本的座位，拉開椅子坐了下來，想像著御崎藤江死去的情景。

仔細思考後，就發現那個女老師遭人殺害這件事很奇妙。一個月前，她只是學生討厭的老師之一，並沒有特別引人注意，學生也不會討論她，說起來，她的存在價值和廁所的芳香劑差不多。讓她一下子成為話題中心人物的不是別人，正是我。因為我點燃了導火線，所以不斷有人指責御崎藤江和學校，至於我這個當事人到底有多痛恨崎藤江，老實說，我自己也不是很清楚。第一次抗議時，我內心的怒火並不是針對御崎藤江，而是我自己，當時正忘我地扮演宮前由希子男朋友的角色，盡這個角色該盡的義務。

成為漩渦中人物的御崎藤江剛好在這個時候被人殺害，該如何看待這件事？難道是之前就對她恨之入骨的人乘機發洩內心的仇恨嗎？

正當我在思考這件事時，門突然被打開了。

「喂，你在這裡幹什麼？」班導師石部大叫著，但他的聲音並不是生氣，而是帶著幾分膽怯。「不可以進來這裡，你、你來這裡想幹什麼？」

來這裡想幹什麼？——石部會說這種話，代表他在懷疑我。

「沒幹什麼，」我站了起來，「只是來看看而已。」

「你沒碰任何東西吧？」石部仔細觀察著之前陳屍的位置。

「沒碰啦，我只是坐在這裡而已。」說完，我走過石部身邊來到走廊上。不知道是否因為聽到了石部的聲音，隔壁教室有幾個笨蛋探出頭。

走回音樂教室途中，上課的預備鈴響了。石部也跟在我身後走進音樂教室。

簡短的班會課上，石部一如往常地交代了事務性的事項。健康檢查的日期，還有升學的事。大部分學生都對命案的事漠不關心，但每個班上都會有一、兩個無法克制內心好奇的傢伙。當石部說完之後，果然有人開了口。

「命案的事有沒有查到什麼？」是中尾。也許他覺得自己是發現屍體的人，基於這份自尊心，想要掌握偵查的進度。

石部明顯露出不悅的表情，但似乎覺得不能無視他，冷冷地說：「你不是有看報紙嗎？就是報紙上寫的那些事。」

「但是報紙上——」中尾說到這裡閉了嘴，微微轉頭看著我。也許他想說，報紙上根本沒提宮前車禍的事。

「報紙上不會刊登臆測的事，」石部似乎猜到中尾想說什麼，明確地說：「報紙上只會刊登經過證實的事，既然沒有登，就代表並不是這麼一回事。瞭解了嗎？」

「喔……」中尾點了點頭，但他露出完全無法接受的表情。

石部離開後，教室內一陣吵鬧，但大家隨即想起我也在場，立刻再度安靜下來。

我在角落的座位托著腮，木然地看著窗外，這時，突然想起一件事。那就是石部剛才說的話。報紙上只會刊登經過證實的事，既然沒有登，就代表不是這麼一回事——

我從口袋裡拿出今天早上剪下的報導內容。

報導中完全沒有提兇器是女生上體育課時用的髮帶，難道是因為無法斷言嗎？

我曾經在電視上看過兩個小時的單元劇，勒死時，可以從脖子的痕跡斷定兇器，難道勒痕和髮帶不一致嗎？

我看著自己的左手。雖然現在手上的醫療膠帶已經拆掉了，但刑警曾經很仔細地調查。

難道是因為勒痕和醫療膠帶一致？

但怎麼可能有這種荒唐的事？兇手剛好挑選了和我手上相同的膠帶作為兇器嗎？

不，不是這樣。兇手故意使用膠帶，目的當然是為了嫁禍給我。

4

無聊的課堂上，我思考著醫療膠帶的事。

如果不祥的想像成真，醫療膠帶成為兇器——

就像我告訴刑警的那樣，我的左手是在晨訓自由打擊時受了傷。那顆球是二年級的隊員丟的，他剛從外野手轉為投手，控球還不太理想。丟了幾顆之後，一顆變化球命中我的左手，我當場蹲在地上。

二年級的投手不停地道歉，我對他說，不必放在心上，然後去了保健室。雖然我說沒必要，但楢崎薰陪我一起去了教室。

剛到學校的古谷老師檢查了我的傷勢，她認為沒有傷及骨骼，只是挫傷而已，但我活動手腕會感到疼痛，所以她幫我貼了痠痛膏藥，再用醫療膠帶固定。之後我又回到操場上繼續訓練，但沒辦法練習打擊，只能練習防守。

之後，我的手腕上一直纏著膠帶，上課時也沒拆下。只要是運動員，這種程度的傷並不稀奇，也沒有人特別注意。

但是，兇手例外。

兇手注意到我手上的膠帶，然後想到要當作兇器。如果御崎藤江被人用醫療膠帶勒死，誰都會懷疑我。

問題是兇手的膠帶從哪裡來的？古谷老師說，我用的那種尺寸的膠帶剛好用完，所以，兇手是自己去買的。大藥局都有賣醫療膠帶，這件事本身並沒有問題。

關鍵在於膠帶的種類。不同廠商的膠帶當然不同，即使是同一家廠商，是否有伸縮性也決定了膠帶的種類不同。既然兇手想要嫁禍給我，如果使用了不同種類的膠帶，當然就失去了意義。

我想起昨晚刑警問我的問題。「有沒有人要求給他看醫療膠帶？」他們似乎也在思考，兇手怎麼會知道我使用的醫療膠帶種類，因為即使再怎麼仔細觀察我手上的膠帶，要在藥局買相同的種類應該是極其困難的事。

有沒有輕易瞭解膠帶種類的方法？

我想到一件事。古谷老師說，把醫療膠帶的空盒子交給了警察。交給警察並不重要，重要的是，空盒曾經放在保健室。有沒有可能兇手看到了空盒，得知了膠帶的種類？

我認為完全有這種可能。因為兇手為了拿到膠帶，偷偷溜進了保健室。「偷偷溜進保健室」聽起來很誇張，但執行起來並不困難。古谷老師有可能離開保健室，兇手只要趁這個機會走進去就好，即使被人發現也沒有問題。因為誰都可以去保健室。

兇手雖然沒有拿到醫療膠帶，卻發現了空盒子。於是確認了品牌和種類，放學後去藥局購買——

我重新檢驗了這個推理，無論從哪一個角度來看都無懈可擊。好，兇手拿到膠帶了。我暗自點了點頭。接下來，兇手是怎麼殺了御崎？

兇手帶著醫療膠帶，在三年三班的教室和御崎見面。警衛沒有看到他們，代表他們很可能是從體育館後方的破洞鑽進來的。

兇手伺機用膠帶勒死了御崎。不用說，當然不是衝動殺人，正因為一開始就打算殺人，所以才會準備兇器。

行兇之後，兇手又做了什麼？立刻逃走嗎？不，在逃走之後，先回收了膠帶。

兇手為什麼沒有把膠帶留在現場？既然想要嫁禍給我，當然必須把膠帶留在現場。

不，不是這樣。

的確必須回收，否則，屍體的脖子上和我的手腕上都會有膠帶，就無法嫁禍給我了。

兇手回收了膠帶，用體育課用的髮帶繞在屍體的脖子上。其中的理由很容易猜到。

兇手知道警方立刻會發現髮帶並不是兇器，而且，也猜到警方在向我問話時，會看到我手腕上的膠帶——

太完美了。我不禁對自己的推理感到愕然。不，是兇手的計畫太完美了。如果我的推理正確，兇手完美地為我設下了圈套。

兇手為什麼要如此大費周章地嫁禍給我？

只是為了轉移警方的注意力？

還是在痛恨御崎的同時，也對我恨之入骨？

想到第二個可能性，我不禁更加憂鬱了。我托腮思考著，別人搞不好以為我在思考數學難題。

第四節課之前，值日生在黑板角落寫了御崎藤江守靈夜的通知。我無視那通知，沒想到竟然有不少學生認真抄了下來，甚至有人相約同行。那些人之前都沒有參加由希子守靈夜。

「啊？你們要去參加？」其中一個同學問聚集在黑板前的其他幾個同學。

「當然啊，如果不去就慘了，誰知道會被說什麼。」中尾回答，他還想繼續說什麼時，似乎察覺到我的視線，兩片嘴唇就像被磁鐵吸住般黏在一起。然後轉過頭，小聲地和其他同學說話。

原來如此，他們有他們的目的。我終於瞭解是怎麼一回事了。老師一定會看誰出席了守靈夜，不，正確地說，會記下沒有出席的同學名單。至於今後會怎麼靈活運用這份黑名單，我就不得而知了。大部分學生不希望為這種事被記下名字而被盯上。

「反正她人也不壞。」從聚集在黑板前的人群中傳來這個聲音。

午休時，我在食堂內把這件事告訴了楢崎薰和川合一正，薰用力拍著桌子說：「對啊！我們班上也一樣。就連之前一起為由希子的事表達抗議的女生，也突然同情御崎，你們相信嗎？真搞不懂有人翻臉比翻書還快，讓人忍不住想要說，只要死了，每個人都變成好人了嗎？真是氣死人了。」

「這並不令人意外，」川合的態度和薰相反，用平靜的口吻說：「雖然之前舉行了抗議活動，但我很懷疑究竟有幾個人真的很生氣，很可能只是搭便車，發洩平時的不滿而已。一旦發現情況不妙，就會臨陣脫逃，以免惹禍上身。」

「我知道大部分人只是湊熱鬧，但我覺得她們不可能不討厭御崎。」

「妳太天真了。」川合冷冷地斷言：「在這所學校，真正為由希子的事感到生氣的，恐怕只有妳、我，當然還有，」他轉頭看著我：「西原，只有我們三個人而已，就連棒球隊的隊員也不知道有幾分真心。」

「怎麼可能？」薰露出難過的表情，「我希望可以相信自己的朋友。」

「他們並沒有說謊或是演戲，他們應該也很生氣，只是和我們的感覺不太一樣。」川合把塑膠茶杯內淡淡的茶喝完後繼續說：「認真是一件很辛苦的事，持續認真生氣很辛苦，有時候必須拋開自我。從這個意義上來說，妳我都不如西原。」

「沒這回事。」我慌忙否認。

「不，的確是這樣。」川合的表情很認真。

我相信他這句話發自肺腑，所以這句話更刺進了我的心。我想要逃避。

「拜託你別這麼說。」我嘆著氣說。

川合停頓了一下，不知道想到了什麼，對我說：「對不起，我當然也覺得必須像你一樣生氣。」

他似乎以為惹我不高興了。

「總之，看來不能對其他人抱有太大的期待。」薰總結道：「對了，今天好像沒有刑警來學校。」

「不，今天也有來。」川合小聲地說：「第三節下課後，我被叫去了會議室，會議室裡有兩個刑警。我去的時候，吉岡剛好走出來。」

今天似乎都在找棒球隊的人問話。

「問你哪些事？」

「沒什麼重點，就是問我知不知道御崎是被誰殺的，還有和由希子車禍的關係。我回答說，不知道誰是兇手，也不知道和由希子的事有什麼關係。對了，刑警還問了你和由希子的關係。」

「你怎麼說？」

「我實話實說啊。我最近才知道你們的關係，但很早之前就知道由希子喜歡你。」

川合說完，看著我的臉問：「這樣回答不妥嗎？」

「不，沒這回事。」我慌忙搖頭。

「警方還在懷疑西原嗎？」薰問。

「應該吧。」我把兇手可能使用醫療膠帶作為兇器的可能性告訴他們，他們果然都目瞪口呆。

「兇手想要陷害你嗎？」

「這種可能性很高。」我對川合點了點頭。

午休結束的鈴聲響起，我們站了起來，三個人沿著迴廊走向校舍時，一個女生迎面走來，我們停下腳步。

那個女生走到薰的身旁，瞥了我幾眼，對薰咬耳朵。

「現在嗎？」薰問那個女生，那個女生點點頭。

薰看著我，戲謔地聳了聳肩，「這次輪到我了，刑警找我。」

和昨天一樣，今天也沒有好好上課，社團活動仍然暫停。因為所有老師都去參加御崎藤江的守靈夜，所以這也是無可奈何的事。

放學後，我拿著書包走出教室，有人叫我的名字。抬頭一看，是棒球隊教練長岡老師。

「你會去參加今天的守靈夜吧？」教練走到走廊角落，壓低聲音問我。

「守靈夜？」我看著教練的臉，「不，我不想去。」

教練微微皺著眉頭，左顧右盼後，把臉湊了過來。

「別說這種話，去參加吧。去參加對你比較好。」

「為什麼？」

「為什麼……如果你不去，又會遭人誤解。」

「別人會說我是兇手，所以不可以不去參加嗎？」

教練沉默不語，似乎暗指就是這個意思。我對他笑了笑。

「想說閒話的人，就讓他們去說吧。況且，即使我去了，又不知道會被說什麼。」

「不，應該不會。只要你帶著虔誠的心上香，我相信有人會看到。」

我以為教練在開玩笑，仔細打量了他的臉，但他並沒有開玩笑，所以我也收起了笑容。我有點難以理解他怎麼能夠在這種時候，一臉認真地說這種話。也許是剛從大學畢業的菜鳥老師，想要在人際關係方面給我一些建議，所以就變成了這樣的結果。

「謝謝教練，但我無法虔誠地為她上香。」

「別這麼說，難道你不想憑弔死者吧？」

「饒了我吧。」我說。

「無論如何都不願意嗎？」

「無論如何都不願意。」

「只是做做表面工夫也可以啊，」教練說到這裡，發現和剛才那句一本正經的話自相矛盾，又皺了皺眉頭，「不瞞你說，是校長和學務主任拜託我的，希望我勸你去參加守靈夜。你的班導師石部老師不願意勸你，所以就落到我的頭上。」

「我就知道。」

「對校長來說，他要努力向社會證明，這次的事和宮前的意外無關。只要你去參加御崎老師的守靈夜，就會讓人覺得那件事已經解決了。」

「根本沒有解決，」我說：「什麼都沒有解決。」

「是啊……」教練垂下眼睛。也許他為自己在由希子的事上沒有任何行動感到愧疚，但我完全無意責備他，他只是因為學生時代打過棒球，就在四月之後突然被迫接下棒球隊教練的差事，而且還被捲入這麼複雜的事件，他也是受害者。

「如果我不去參加守靈夜，校長會找你麻煩嗎？」

「那倒不會，」長岡教練極度無力地搖著頭，「因為這只是個人意志。好，我不再強迫你，但我有一個要求，也不算是要求啦，」他又看了看周圍，壓低嗓門說：「如果有什麼煩惱，或是遇到什麼困難，隨時可以來找我商量，雖然我不知道自己能幫多大的忙。」

「喔。」我沒想到這個菜鳥老師會對我說這句話，所以有點不知所措地點了點頭。

「總之，」教練拍了拍我的肩膀，「我相信你。」

這句令人聽了起雞皮疙瘩的話，讓我差一點笑出來，但這樣教練太可憐了，所以我拚命忍住了。

我向教練道別後，在一樓的脫鞋處換室內鞋時，遇到了楢崎薰。這一陣子好像每個人都找我有事，我覺得很有趣。

「阿長找你有什麼事？」薰不安地問，她剛才似乎看到我們了。她向來不叫長岡教練「教練」，「他該不會叫我們休隊吧？」

「不是，無關痛癢的事。妳找我有什麼事？」

「喔，我想把接受偵訊的事告訴你。」

「那不是接受偵訊，只是向妳瞭解情況。有兩名刑警嗎？」

「只有一個人，皮膚很黑，瘦瘦的。」

「他叫溝口。」我想起他的臉說道：「他問妳什麼問題？」

「首先問我對御崎老師做了什麼？」

「妳做了什麼嗎？」

「我們不是為了由希子的事，發動了很多抗議活動嗎？他叫我說明一下抗議活動的內容，所以我就照實說了罷課和寫信、傳真攻勢之類的事。旁邊沒有老師，而且他保證不會告訴學校。」

「傳真攻勢？這是怎麼一回事？」

「咦？你不知道嗎？我們寫了抗議文傳真到教師辦公室，而且傳了一次又一次。」

「太猛了。」我第一次聽說這種手法。

「我們和男生不一樣，既然要做，就要徹底去做。」薰說完，露出可怕的表情，但隨即嘆了一口氣。「雖然就像川合說的，很多人只是當作遊戲。」

「刑警聽妳說了之後，有沒有說什麼？」

「他竟然問我御崎老師用什麼方式反駁我們的抗議，所以我堅稱自己完全沒有任何錯，因為本來就是這樣。」

我很清楚這一點，所以默默點了頭。

「問題在後面，」薰露出粉紅色舌頭舔著嘴唇，「聽刑警說，御崎老太婆雖然對我們的抗議活動很不高興，但並沒有太在意，她曾經在教師辦公室說，這種情況過一陣子就會平息。刑警問我知不知道她為什麼這麼鎮定自若，我只能回答說不知道。」

「御崎說過這種話嗎？不是逞強嗎？」

「我也這麼說，但刑警似乎很不以為然。御崎老太婆還說，雖然那些學生現在把西原當成英雄，只要過一段時間，就可以撕下他的假面具，到時候，那些在胡鬧的學生也會收斂。」

「假面具？」我嘆著氣，「太過分了。」

「刑警問我知不知道是怎麼回事，我也不知道啊，反正她一定是沒有什麼根據，只是隨便亂說而已。」薰抬眼看著我問：「你覺得呢？」

「真可怕，」這是我的真實想法，任何人聽到這種話，應該都會這麼想，「我的假面具是什麼？」

御崎藤江不可能知道我和由希子的關係並不是真的。

「如果公布我的成績，的確會影響大家對我的評價。」

「誰都不期待你的成績，御崎老太婆該不會掌握了你什麼把柄吧？」

「我哪有什麼把柄？」

「嗯，那就好，看來她果然是虛張聲勢。」薰頻頻點頭，似乎在說服自己。

「刑警只問妳這些嗎？」

薰聽到我的問題，憋著氣沉默片刻後說：「呃，還有一個很無聊的問題。」

「什麼問題？」

「真的很奇怪，你不必放在心上。」

「什麼意思嘛。妳這麼說，我不是反而在意嗎？刑警問妳什麼？」

「這個嘛，」薰磨蹭了片刻，有點遲疑地說：「他問我你和由希子的關係怎麼樣。」

「我們的關係？」我內心不由得緊張起來，「什麼意思？」

「我也這麼問刑警，這句話是什麼意思，沒想到那個刑警說了很奇怪的話，問你是不是認真和由希子交往。」

「啊……」這個問題毫無預警地戳到我的痛處，我感到一陣寒意爬過背脊。

「真的很受不了吧？真想回敬他，你在胡說八道什麼啊。如果你是抱著隨便的態度交往，由希子死的時候，你一定會假裝和自己無關。」薰似乎察覺到我的慌亂，用生氣的口吻說。「刑警聽了我的回答後反問我，但為什麼沒有人知道你們的關係。我嚥不下這口氣，就告訴他說，我很久之前就知道了。一年前，由希子告訴我了，但因為擔心對帶領球隊造成影響，所以就沒有張揚。那個刑警聽了之後笑嘻嘻的，似乎沒當一回事。」

「他為什麼在意這件事？」我故作鎮定地問。

「不知道，可能沒有什麼特別原因吧。」薰隨口應道：「刑警問我的話就是這些，但我好像太多嘴了，對不起。」她向我鞠了一躬。

和薰道別後，我在回家的電車上，思考著她剛才說的話。雖然「假面具」的事讓我耿耿於懷，但之後的事更令人在意。

溝口為什麼會對我和由希子的關係產生疑問？然後他認為和這起命案有什麼關係？雖然我不知道答案，但這樣的發展的確很棘手。警方一旦對某件事產生疑問，就會徹底追查，有時候甚至可能會掀出原本必須隱瞞的事。

必須小心謹慎，但到底該怎麼小心謹慎？

5

御崎藤江的屍體發現至今已經過了一個星期，學校生活終於漸漸恢復了正常，當然每個人都知道這種平靜只是表面而已。據我們所知，警方並沒有查到新的事證，也就是偵查並沒有新的進度。

每天有數名刑警來到學校進行各種調查，只是不知道他們在調查什麼，也許他們知道在學生面前晃來晃去不妥當，所以我們幾乎不會看到他們。

警方向老師和學生瞭解情況也終於告一段落，刑警不再來我家，也完全感受不到被監視或跟蹤，但並不代表洗刷了對我的嫌疑。

那天午休時間，我木然地看著窗外，發現了刑警溝口的身影。我們的臨時教室從音樂教室轉移到視聽教室。

溝口在校舍後方的水池旁走來走去，不時蹲在地上，時而摸著建築物的牆壁，時而摸著地上的泥土。

他在幹什麼？我忍不住站了起來。

我走出教室，繞到校舍後方，發現溝口站在校舍的牆邊，仰頭看著正上方。他似乎察覺了我的腳步聲，轉頭看著我。前一刻的嚴肅表情好像冰塊溶化，對我展露了笑臉。

「嗨，」刑警對我打招呼，「感覺好久沒見到你了。」

「你在幹什麼？」我問。

溝口呵呵笑著，搖著肩膀，「只是出來散步，偶爾也需要轉換一下心情，而且這裡有一個水池。」

「我可不認為值得鑑賞。」我看著變色的水池說。與其說是水池，不如說是直徑數十公尺的圓形水窪。周圍沒有任何護欄，天黑之後，走來這裡很危險，聽說以前曾經有好幾個人落水。

「這個水池裡有什麼動物嗎？」

「聽說以前曾經養過鯉魚。」

好幾代之前的校長曾經打算在校舍後方建一個高級日本餐廳常見的日本庭園，但水池建好之後，那個校長因為腦溢血死了，計畫也就沒有繼續執行。誰都不希望在學校看到日本庭園。我向溝口說明了這些之後又說：「搞不好有蚊子的幼蟲。」

「那不必了。」他退後了兩、三步。

我站在校舍旁，像他剛才一樣抬頭往上看，立刻知道那個地方所代表的意義。

「原來是這樣，」我點了點頭，看著刑警的臉：「這裡是我們的教室，也就是御崎被殺害現場的正下方。」

溝口面無表情地再度抬起頭，裝糊塗地說：「是喔，原來是這樣，真巧啊。」

「你剛才好像在地上找東西。」

「地上？」溝口故意皺起眉頭，「你說我在地上找東西是什麼意思？」

我嘆了一口氣。看連續劇時，刑警都會在這種時候大談偵查線索，只不過眼前是真正的刑警。

我決定改變話題。「你們這陣子好像沒有跟蹤我，已經不再懷疑我了嗎？」這個問題有一半是挖苦，另一半是為了探聽消息。

他只有右側的臉擠出笑容說：「並不是因為懷疑而跟蹤，也不是因為不懷疑了就不跟蹤。」

「原來如此，」我也輸人不輸陣，皮笑肉不笑地說：「因為你們不再問我問題，我還以為已經排除了我的嫌疑。」

「接下來還會問你，敬請期待。」溝口拍了拍我的肩膀，「對了，我聽說了關於你的趣事。」

「什麼趣事？」我不由地緊張起來。

「聽說你對環保很有興趣。」

「環保？就是愛護我們的地球那個？」我一笑置之，「誰說的？」

「你一年級時和你同班的同學。聽說在分組進行的自由研究中，你們這一組決定要研究『地球的水面臨危機』這個課題，當初是你提出這個主題，之後也積極研究。聽告訴我這件事的同學說，從來沒有看到你對棒球以外的事這麼熱中。」

「有這回事嗎？」我把頭轉到一旁，「我不太記得了。」

「是有什麼特別的原因嗎？」

「沒有。」我斜眼看著他，「只是幾百年前的事也被人挖出來，心裡很不舒服。」

「雖然覺得很抱歉，但這也是我們的工作。」他故意皺了皺眉頭，好像突然想到似的看向我的左手，「你的手腕已經好了嗎？」

他似乎對我沒有纏膠帶這件事很在意，我甩了甩左手。

「還有點痛，但基本上已經好了。你似乎很關心我的傷勢，還是關心膠帶而已？」我故意試探他。

「什麼意思？」他再度裝糊塗，但眼神變得很銳利。

「我有一件事想要請教，」我正視著他，不被他的氣勢嚇到，「醫療膠帶單面有黏性，所以我猜想兇手把有黏性的部分黏在一起，也就是對摺之後使用，我說對了嗎？」

溝口的表情有了明顯的反應，他當然知道我察覺了他的反應，但刑警不可能輕易說出真相。

「我聽不懂你在說什麼。」

「兇器是不是醫療膠帶，而不是上體育課時用的髮帶？」

他把頭轉到一旁，用食指抓著鼻子下方。

「你為什麼會這麼想？」

「為什麼？看來你把我當成傻瓜了，我不像你們以為的那麼遲鈍，你們那麼關心我手上的膠帶，我當然會覺得其中一定有原因。」我又告訴他，所有的報紙上都沒有提到認為兇器是髮帶這件事。

「原來如此，原來是報紙的報導。」刑警仍然只有單側的臉苦笑著，「你說得沒錯，你不像我們以為的那麼遲鈍。」

「兇器是膠帶吧？」

「這個嘛，我就不太清楚了。」刑警故意偏著頭。

「我覺得你有義務提供一些消息。」我瞪著他。

「你不要露出這麼可怕的表情。做這種工作，已經養成了不輕易透露消息的習慣，當然也有例外，」他乾咳了一下說：「反正這件事早晚會公布，所以就先告訴你事實吧。那條髮帶的確不是兇器，這是在驗屍時發現的。呃，你知道什麼是驗屍嗎？」

「知道，就是檢查屍體。」

「不管參與幾次，至今仍然難以適應。」他露出沮喪的表情，「在驗屍時發現，屍體身上的勒痕和髮帶不符合，寬度稍有不同，表面的狀態也不一樣。可能也是某種帶狀的東西，總之，不是那條髮帶。」
「所以，你們在調查之後，發現是醫療膠帶。」
「目前還無法斷言。」溝口搖著頭，「只能說，和勒痕比較之後，發現並沒有矛盾之處。勒痕的寬度是十九毫米，正如你剛才所說的，剛好是醫療膠帶對折後的寬度，但是目前還無法斷定，也許兇器是意想不到的東西。」
「你還真謹慎。」
「習慣而已。」這位刑警笑了起來。
「總之，對我來說是很不利的消息，難怪你會懷疑我。」
「希望你能理解我們的立場。」
「但不是我幹的，」我明確地告訴他：「有人想要陷害我。」
「喔，」刑警摸了摸鼻子下方，「那我知道了。還有，兇器的事不要傳出去。」
「我才不會說。」
我露出「說出去對我沒好處」的表情點了點頭，他轉身離開，但又立刻走了回來。
「我想請你給我看一樣東西。」他意味深長地笑了笑。
「什麼東西？」
「照片。」刑警說：「最好是你和宮前由希子兩個人的合影，也就是所謂的情侶照。」
由於太出乎意料，我一下子無法回答。
「應該有照片吧？搞不好現在就在月票的票夾裡。」

「你為什麼要看這種東西？」

「不行嗎？」

「我只是覺得奇怪，一個大男人想看高中生的情侶照。」

「這是偵查工作的一部分，你現在沒帶吧？」

「沒帶。」

「那就下次吧。」溝口說完，頭也不回地離開了。

看著刑警消失的校舍角落，我有一種不祥的預感。那個刑警果然在懷疑我和由希子之間的關係，也許他誤以為和命案有什麼關係。雖然很傷腦筋，但我也不能告訴他和命案無關。

只剩下自己一個人時，我想起剛才在上面看到的情況，思考著溝口剛才在調查什麼。我像他一樣蹲了下來，但地上沒有任何異狀。今年的梅雨季節完全沒有下雨，泥土硬得像石頭。

我又看向校舍。一樓是家政課教室，現在沒有人。我看著我們教室所在的三樓，也沒有發現任何不對勁。

仔細想一想，就覺得很奇怪。御崎藤江是在教室內被殺，為什麼要調查校舍外？

我看到有人從二樓的窗戶探頭看著我，那個女生一臉冷漠，和我視線交會時，慌忙把頭縮了回去，好像看到了什麼不該看的東西。

我正準備移開視線，發現二樓窗戶下似乎有點異常。牆壁上有一道破損，表面好像是被鐵錘之類的重物敲掉了，但似乎是最近才出現的，所以感覺還很新。

我恍然大悟，再度看向地面，發現建築物的牆角有幾幾塊白色碎片，好像被敲下來的水泥。

由此可見，最近似乎有什麼重物敲到校舍的牆壁，把水泥敲了下來。溝口也許發現了這件事，但這件事和命案有什麼關係？我像福爾摩斯一樣，把白色碎片放在手上觀察，卻並沒有靈光乍現，所以就拍拍手丟掉了。

午休結束的鈴聲響起，我走回教室，但臨走之前，再度抬頭想要看牆上的破損。這時，二樓的某扇窗戶有動靜，原本正在看我的人突然躲了起來。接著，窗戶用力關上了。

我注視了那扇窗戶片刻，但沒有人再探出頭張望。

這天的社團活動也暫停，太陽還高掛在天空中時，我就回家了。快到家時，突然有人從後面叫住了我，回頭一看，一個在T恤外穿了一件薄夾克，長得像螳螂的男人對我露出諂媚的笑容，另一個穿著像工作服的胖男人站在他身後。

「你是莊一同學吧？」螳螂問我。我不認識他，他居然叫我的名字，我沒有吭氣，點了點頭。

「可不可以佔用你一點時間？因為有幾個問題想問你，只要一個小時就夠了。」

「你是誰？」

「我叫這個名字。」他拿出名片，上面印了雜誌社的名字。我沒有接過名片。

「我沒有什麼話要說的。」
我打開門想要進屋，螳螂抓住我的手臂。
「你只要回答我提出的問題就好，就是那件事、那件事啊。」
「哪件事？」
「就是你的女朋友因為學校方面的疏失車禍身亡的事，我相信你有很多話要說吧？你只要告訴我就好。」
「我沒有什麼話要說，可不可以請你放開我？」
但螳螂並沒有鬆開他像雞爪般的手。
「那我只請教你一個問題，這次遇害的老師就是害你女朋友車禍的老師吧？你對這件事有什麼看法？」
「別來糾纏我！」我甩開了他的手走進了門，他們並沒有跟進來，但在我進家門之前，一直大聲發問。
我帶著書包走進客廳，看到春美躺在沙發上，胸前蓋著毛巾被，臉色蒼白。我把書包丟在地上。
「妳怎麼了？」我跑到她身旁，跪在地上。
春美蒼白的臉露出微笑，「沒事，不用擔心。」
「但是……」
「她剛才跑回來。」母親在我身後說。

「跑回來？」我驚訝地看著春美，「為什麼要跑？」

「她說有人在追她。」

「媽媽，不可以告訴哥哥啦。」

我回頭看著母親，「誰在追她？」

母親遲疑了一下，然後問我：「外面沒有人嗎？」

「原來是他們！」

我起身衝出門外，但螳螂他們已經不見蹤影，只有鄰居大嬸一邊灑水，一邊看著我。

走回家裡，來到春美身旁，然後雙腿跪在地上，對天生心臟衰弱的妹妹道歉：

「對不起，都是因為我。」

「才不是你的錯。」春美笑著說。

「下次再看到他們，我一定會揍他們。」

「不行。」春美嘟著嘴說：「這樣的話，你就無法參加比賽了，所以絕對不行。」

被還在讀小學的妹妹訓斥，我說不出話。我也知道現在不能惹是生非，得知春美至今仍然很期待我們的比賽，頓時說不出話。老實說，我對今年能不能參加比賽毫無自信。

「啊，對了，哥哥，記得去還那本書。」

「哪本書？」

「就是小貓的寫真集啊。」

「喔。」我早就忘了這件事。沒錯，的確該歸還那本書。

電話響了，母親接了起來。「你好，這裡是西原家。」

母親對著電話說了幾句話，突然改變了語氣。我回頭看著她。

「這方面的採訪……對，我們沒什麼話好說……對，不好意思。」母親掛上了電話，對我露出苦笑說：「電視台打來的，說想要採訪。」

「電視台？」

「剛才也有其他家啊。」春美說。

「有很多地方打電話來嗎？」我問母親。

「差不多五、六通吧，大部分都是一些莫名其妙的人。」

我忍不住咂著嘴，追蹤這起命案的媒體似乎已經嗅到了由希子的事，我也理所當然也成為目標。

「一旦逮到兇手，風波就會平息吧。」母親語帶憂鬱地說。

我突然想到一件事，立刻站了起來。「我出去一下，晚飯之前會回來。」

「你要去哪裡？」春美問我。

「我去還寫真集。」我回答說。

這是我第三次去由希子家，每次來到她家附近，心情就越來越沉重。不知道以後還會來幾次。我想著這件事，轉過最後的街角，看到有人從由希子家玄關走了出來，我立刻躲了起來。就是我剛才想要揍他們的螳螂和大塊頭。他們一臉不悅，搖晃著肩膀離去，似乎被趕出來了。我走去宮前家，心想自己也許會遭遇相同的命運。

由希子的母親板著臉，聽我說今天的目的是來歸還寫真集。我從來沒有看過她的笑容。

「你不需要特地上門來歸還。」由希子的母親翻著寫真集說道：「但既然你送過來，我就收下了。」

「呃，還有，」我吞了一口口水，「我是不是給你們添了麻煩？」

「麻煩？」

「剛才好像有雜誌記者上門。」

「喔，」由希子母親點了點頭，「從昨晚開始，就不斷接到電話，不知道他們從哪裡打聽到的。」

「我家也一樣，所以我很擔心你們也被騷擾……」

「你擔心也……」由希子的母親沒有繼續說下去。

我也很清楚，即使我擔心也沒有用，也無法解決任何問題。但是在目前的狀況下，我無法不在意這個家，也就是死去的女朋友家的情況，我覺得如果逃避，未免太卑鄙了。

我尷尬地沉默不語，背後的門打開了。

「午安——」走進來的中年女人看到我，立刻住了嘴，轉頭問由希子的母親：「這位是？」

「由希子的那個。」由希子母親只說了那句話，中年女人立刻怒目相向。

「你來幹什麼？」她突然對著我的臉頰吐出尖銳的聲音，「你知道你的行為造成我們多大的困擾嗎？明明是高中生，卻對由希子做那種事，還在學校到處宣揚。」

到處宣揚？我忍不住看著她。

「姊姊，不是啦，他——」由希子的母親想要我為辯護，但中年女人氣勢洶洶地說個不停。

「我知道他是向學校抗議，但明明知道這種行為根本沒有任何幫助，反而讓大家都知道由希子的事，引來周圍人奇怪的眼光，而且又發生了這起命案，讓我們遭到不必要的懷疑，根本有百害而無一利。你主動承認是由希子的男朋友當然很好，但只要來這裡承認不就好了嗎？你完全可以想像，即使在學校承認，也不會有什麼好事。高中生都很好奇，只會到處亂說。你一定覺得主動承認很帥吧？我問你，你是怎麼想的？你倒是說話啊。」

我沒有說話，但並不是因為她像機關槍一樣滔滔不絕，被她的氣勢嚇到，而是我想不到該說什麼話。我只能對她鞠躬，小聲地說：「對不起。」

「我說你啊……」

「姊姊，」中年女人還想說什麼，由希子的母親制止了她，「不要再說了，該對他說的話早就說了，妳先進去吧。」

「但是……」中年女人似乎餘怒未消，但可能覺得多說無益，就走進屋內，穿上拖鞋，啪答啪答地沿著走廊走了進去。

「她是由希子的阿姨，」由希子的母親說：「她很擔心我們，所以不時來探望一下。」

這代表由希子家裡發生了令旁人感到擔心的狀況。

「真的有懷疑到你們頭上嗎？」

「刑警有來家裡。說到痛恨那個老師的人，當然第一個就會想到我們，刑警問我們案發當晚在哪裡。」

「只是形式上問一問而已吧？」

「不清楚，我和我老公都在家裡，但因為只有我們兩個人，所以無法證明。」

我覺得她似乎特別強調「只有我們兩個人」這幾個字。

由希子的母親看著我問：「刑警也去找你嗎？」

「對，找過我很多次了。」

「是啊。」由希子母親的臉上露出疑惑，也許在思考我是兇手的可能性，然後她垂下雙眼，似乎消除了這種想法。「這起命案真令人討厭，真希望趕快破案。」

「刑警還有沒有問其他問題？」

我以為她會對我說，沒有義務回答我的問題，沒想到她回答了。

「主要問你和由希子的關係，刑警問我們，真的不知道你們之間的關係嗎？我回答說，真的不知道。他們還問，之前真的沒有察覺嗎？但我們本來就沒有察覺啊。」她的語氣中帶著焦躁，「而且也不知道由希子在去年聖誕節時送了你圍巾，這件事還是聽刑警說了之後才知道的。」

我不想討論圍巾的事，所以沒有吭氣。

「啊，對了，他們還說想要看照片，想要看你們的照片。我給他們看了棒球隊的照片，刑警看了之後，很納悶地問，怎麼沒有你們兩個人單獨的照片。」

原來是這樣。我終於瞭解了，難怪溝口向我提出那樣的要求。

「還有其他事嗎？」由希子母親問。

「不，沒事了，那我告辭了。」說完，我離開了宮前家。

心情好像吞了鉛塊般沉重。

我再度認識到，各式各樣的人承受著各式各樣的痛苦。我的家人、由希子的家人，以及親朋好友，我真的像是瘟神。

由希子阿姨的話不斷在我的腦海中重現。

也許她說得對，我覺得自己有義務表現得像由希子男朋友的同時，也許也因此陷入了自我陶醉。如果我真的深感歉意，努力避免傷害任何人，也許會選擇其他方法。到頭來，我選擇了自己最不受傷的方法嗎？雖然表面上我面臨困境，但是在指責御崎藤江時，我無法斷言自己內心深處沒有一絲對自己毅然的態度感到陶醉的想法。也許把真相深藏在內心，陷入自我厭惡，陷入痛苦更能夠彌補我的罪過。

但是，現在已經無法挽回了。我只能面對因為我的關係而造成很多人的痛苦這個事實，即使會傷害自我，也要消除他們的痛苦。

回到家時，父親已經在家了。父母似乎都很想知道我去宮前家的情況，但他們並沒有開口問我，也許他們害怕聽到事實。

那天晚上並沒有接到任何惡作劇電話，媒體似乎也知道夜晚不便打擾，所以也沒有任何要求採訪的電話。

但是，當我離開客廳準備去洗澡時，電話鈴聲響了。這是這天晚上唯一的一通電話。客廳裡沒有其他人，我接起了電話。

「喂？」我擔心是惡作劇電話，所以沒有自報姓名。

電話彼端停頓了一下，然後傳來一個聲音。「你是西原吧？」我立刻知道是誰。

「原來是妳。找我有什麼事？」

「你真冷漠啊。」水村緋紹子說。

「這一陣子心情都不太好，妳應該也知道吧？」

「警方還在懷疑你嗎？」

「不知道，」我說：「至少沒有聽說已經不懷疑我了。」

「今天我們班上有一個同學被一個說是報社記者的男人問，知不知道西原是怎樣的學生。」

「我知道媒體已經在活動了，也來過我家了，還追著春美跑。」

「你妹妹……她身體沒問題吧？」她不安地問。

「不勞費心，反正一切都是我這個白癡哥哥的錯。」

緋紹子又沉默了一下說：「是啊。」

「妳好像沒什麼特別的事。」

「對，我只想告訴你，要多注意媒體。」

「謝謝妳的好意。」

「還有，」緋絽子補充說：「不要整天用『妳』、『妳』來稱呼我。」

被她這麼一說，我答不上話，兩個人都沉默起來，我以為電話已經掛了。

「我知道了。」我說：「那就晚安了，千金大小姐。」我掛上了電話，苦味在舌尖上擴散。

6

隔天第四節課上課之前，我被叫去了校長室。進入這所高中兩年多，這是我第一次踏進校長室。朝會時曾經見過的矮小瘦弱老人坐在窗邊的桌子前，戴著一副大眼鏡的學務主任站在他旁邊，聽說他的一頭黑髮是假髮。灰藤站在他們前面，三個人中，他的表情最可怕。

「你有沒有接受媒體採訪？」灰藤問我。他的語氣依然盛氣凌人。

「雖然有多家媒體想要採訪我，但我都拒絕了，沒有接受採訪。」

「嗯。」灰藤點了點頭，回頭看著校長。矮小的校長和戴著眼鏡的學務主任咬耳朵商量了幾句，學務主任又小聲對灰藤說話。我巡視著掛在室內的相框，發現裡面是獎狀，只是不知道是表彰什麼。

「這樣很好，以後也要小心謹慎，千萬不要大意。」灰藤突然開口說道。「萬一不得不發表意見時，你可以回答宮前車禍的事已經完全解決了，你也反省了自己的行為。知道了嗎？雖然不是強制你要這麼回答，但這樣回答對你比較好。」

真是受夠了。我的心情越發沉重起來。一名教師被人殺害，比起瞭解案情的真相，他們似乎認為隱瞞校方的醜事更重要。

「知道了嗎？」因為我沒有回答，灰藤不耐煩地再度問道。

「只要像之前一樣不就好了嗎？」我說：「我不會回答任何問題，這樣不就沒問題了嗎？」

「你是怎麼認為的？」校長突然問我，他的聲音很沙啞，「你仍然對之前的車禍耿耿於懷嗎？」

「我怎麼想並不重要吧？」

「西原！」灰藤大喝一聲。

「我只是說，自己沒有違反校規，不需要別人指責我。」

「我說西原啊，」戴著眼鏡的學務主任開了口，他說話慢吞吞的，「我勸你別得意忘形。你明年就要考大學，即使因為一些莫名其妙的原因出了名，也未必對你有利。」

「我早就對推甄不抱希望了，那我告辭了。」我鞠了一躬，走出校長室。在我關上門之後，聽到校長大吼說：「這傢伙是怎麼回事啊！」

從這天開始，終於又可以開始社團活動了。我穿上久違的釘鞋，在球場上追著白球跑。隊員對我的態度和以前一樣，也有學弟和我開玩笑。和他們相處時，我可以暫時忘記自己被視為命案嫌犯這件事。

但他們並沒有避談命案的事。

「難以相信不久前才發生命案。」訓練結束，回到社團活動室換衣服時，三年級的近藤說。

「搞不好最後還是查不出任何結果。」二年級的隊員說。

「不可能。」近藤說，「學校很小，如果在學校中發生的命案也破不了，警察也太沒面子了。」

三年級生的意見很有說服力，學弟們都恍然大悟地點著頭。

「那就希望趕快抓到兇手啊。」吉岡用脫下來的內衣擦著腋下插嘴說：「不知道兇手是誰，感覺毛毛的。一旦逮捕到兇手，別人就不會用異樣的眼光看西原了。」

提到我的名字後，活動室內的氣氛有點緊張，但吉岡似乎並沒有察覺氣氛的改變，拚命嗅聞著內衣的汗臭味說：「雖然有點臭，但還可以穿。」然後就把內衣丟進了置物櫃。他的不拘小節讓室內的氣氛變得輕鬆了，說話直截了當正是這個大個子的優點，我相信他也用他的方式關心我。

但我猜想就連這些隊友，內心深處可能也會有一絲懷疑我的想法。當然，這並不代表我不相信任何人，如果我站在他們的立場，也會有相同的想法，這也是理所當然的，只是他們會因為這個原因，無意識地對我感到愧疚，於是就會表現得很關心我。

走出活動室時，近藤突然提議要去唱ＫＴＶ，我猜想他也是想要為我加油打氣。正因為我瞭解他的心意，所以不願斷然拒絕。「那就去散散心吧。」我答應和他們一起去，但老實說，我很不喜歡去那種地方。

「那我也去吧。」川合也一臉無可奈何的表情說，我有點驚訝，因為他比我更不喜歡這種場所。

我們也邀請了楢崎薰，連同吉岡總共五個人一起去了ＫＴＶ。我打電話回家，說會稍微晚一點回家。平時我不會特地為這種事打電話回家，但目前算是非常時期，讓家人為我擔心反而更麻煩。

一起走向車站途中，川合一正說：「我覺得刑警的動向很奇怪。」

「怎麼奇怪？」我問。薰也走了過來。吉岡和近藤走在前面。

「有人看到我們班導師和刑警在咖啡店聊天。」

川合的班導師是一位姓坂上的物理老師，個子不高，很不起眼的中年男人，雖然根本沒有做什麼實驗，但他整天穿著白袍。

「刑警找地鼠幹什麼？」我偏著頭納悶。地鼠是坂上老師的綽號。

「你是不是也覺得很奇怪？因為地鼠是全校最不起眼的老頭，從來沒有聽說他和教古文的御崎關係很好，照理說，根本不值得向他瞭解情況。」

「有沒有辦法去向地鼠打聽一下刑警問了什麼？」薰問川合。

「我去問他恐怕不太妥當，因為他也知道我和西原是朋友。」川合抓了抓太陽穴，「而且，女生去問比較好，別看那個老頭平時一本正經，其實他很色。」

「看他的臉就知道了。」
我和川合放聲大笑起來。
「對吧？所以，薰，妳去問他吧。如果妳不願意，可以請其他女生去問。」
「真受不了你們，」薰說：「那我找人去問。」
「不好意思。」我對她說，薰對我笑了笑。
近藤推薦的KTV在一棟看起來很乾淨的辦公大樓內。我不知道他怎麼會知道這種地方有KTV，但其他人似乎並沒有對這個問題產生疑問，所以我也沒多問。
「來這裡的話，即使穿制服也沒有關係。」近藤說：「而且還有學生折扣，只是不能喝酒，你們要有心理準備。」
「那當然啊。」薰一臉嚴肅地說：「我先聲明，如果有人買菸，別怪我不客氣。吉岡，你是不是帶了香菸？」
「沒有啊，我也是會為球隊著想的。」吉岡一臉緊張的表情很滑稽，大家都笑了起來。
走進KTV，大家各點了一杯飲料，然後就開始唱個不停。近藤的面前堆著一百圓零錢，他好像把這些硬幣當成了在賭場玩輪盤的籌碼，然後不停地投進點唱機。由於是他提議來KTV，所以當然很會唱歌，有些歌曲甚至不用看歌詞就可以直接唱，但吉岡唱歌簡直是魔音穿腦。打開迴音效果後，簡直就像熊在井底吼叫。幸好有他暖場，我也敢大聲唱歌，川合唱歌普普通通，楢崎薰絲毫不輸給實力派的偶像歌手。

一個小時轉眼就過去了，讓我暫時忘記了煩惱。

「啊，真痛快，恐怕會上癮啊，我還想繼續唱。」吉岡握著麥克風，說出了可怕的話。

「這家店還沒有被學生輔導室盯上，隨時可以來唱歌。」近藤自信滿滿地說：「像是一些知名的連鎖店，偶爾會有老師在那裡監視。」

「真的假的？」吉岡瞪大了眼睛。

「真的啊，像我朋友之前剛走出ＫＴＶ，就發現御崎老太婆站在那裡。」近藤說完，突然倒吸了一口氣，看著我說：「不好意思，我不該提這個名字。」

「沒事啦，你不必放在心上。」我擠出笑容，但氣氛有點尷尬。

「話說回來，」吉岡深有感慨地說：「那個老太婆為什麼會那樣？她太嚴格了，甚至覺得她是不是有病啊。」

「是喔。」

「也許是性格的關係吧，」近藤回答說：「一定有潔癖，而且是偏執狂。」

這個話題討論得並不熱烈，正當有人說要回家時，川合一正小聲地說：「我去參加了守靈夜。」

我聽不懂他的意思，轉頭看著他。大家也都看著他。

「我是說御崎的守靈夜。」川合說：「雖然我之前沒有說，但我去參加了。」

「為什麼？」薰代表大家發問。

「沒有特別的原因，因為即使想要罵她，她已經死了，想罵也罵不成了。所以我想至少假裝去上香，對著屍體好好罵一罵。」

我太震驚了，而且第一次發現，原來還可以帶著這種心情去參加守靈夜。也許是真正喜歡由希子的人才會想到這個方法，像我這種人根本沒想到這一招，只覺得既然是仇人的守靈夜，當然不可能去參加。

「去參加守靈夜時我才知道，」川合繼續說道：「她在年輕時，也曾經有人建議她去相親，但御崎拒絕了，她說要把自己的生命奉獻給教育，結婚會成為阻礙。聽說她在學生時代就說，要成為一個出色的老師。」

「嗚噁。」吉岡撇著嘴角。

「之後，她就一個人住，死了之後，她的家人去她房間一看，完全沒有普通女生房間應該有的東西。沒有梳妝台，化妝品也只有少少的幾樣而已，但家裡堆滿了書，還有她自己整理的剪貼簿和檔案夾，最可怕的是她桌子上放了文字處理機，打開電源一看，裡面是她寫了一半的古文考題，內容是《方丈記》。可能她打算回家後繼續寫吧。」

「聽說有很多老師回家後還會繼續工作，」近藤插嘴說：「但想到她在被殺之前還在想這些事，就覺得有點難過。」

「所以我在想，似乎哪裡不對勁。她熱心教育當然很好，自我犧牲也沒有問題，但我在她身上感受到某種不正常。」

「我也說不清楚，」薰說：「我很討厭當這種人的學生，總覺得她的人格有點扭曲。」

我和川合點頭同意她的意見。

「難得心情這麼好，別說這些不開心的事。」吉岡終於忍無可忍地說。

走出KTV時，我一看時鐘，已經八點多了。

回到車站後，再度搭上電梯，看到兩個之前見過的學妹坐在座位上。她們是天文社的人，她們似乎沒有看到我，開心地聊著天。她們這麼晚才回家，應該今天有社團活動。灰藤之前也說過，天文社的放學時間是特例。我尋找水村緋紹子的身影，但並沒有看到她。

回到家，我在自己房間換了衣服後才開始吃晚餐。母親並沒有數落我的晚歸，得知我去散心，反而鬆了一口氣，不停地問我唱了什麼歌。

吃完晚餐時，玄關的門鈴響了。我有一種不祥的預感，因為通常不會有客人這麼晚上門。

母親拿起對講機的聽筒，說了兩、三句話後看著我。她的氣色很差。

「是刑警，說有事找你。」

我的預感靈驗了。我心想。

上門的是溝口。母親請他去客廳，他站在玄關說，在這裡就好。他的臉色比之前更凝重，我立刻有一種不安的感覺。

「你今天幾點回家？」刑警沒有閒聊，就直截了當問我。

「為什麼要問我幾點回家？」我問。

「請你先回答我的問題。你幾點回家的？」

「我兒子——」母親想要回答，我伸手制止了她，「媽，妳不用說話，妳先進去吧。」
「但是……」
「對，這樣比較好，」溝口也說：「不好意思，我想聽妳兒子回答。」
母親露出受傷的表情，輪流看著我和刑警，消失在通往客廳的門內，但我相信她一定會躲在門內偷聽。
我看著刑警的臉說：「如果我回答了你的問題，你就會告訴我發生了什麼事嗎？」
他立刻點頭說：「沒問題。」
「不可以耍賴喔。」我叮嚀之後說：「我八點四十分回家。」
刑警的眼睛一亮，「這麼晚才回家。」
「我早回家還是晚回家與你無關吧？」
「你去了哪裡？做了什麼事？」他再度用刑警的口吻問道。
「也許是我太多心了，」我看著溝口黝黑的臉，「我覺得你好像在問我的不在場證明。」
他的表情更嚴肅了，「如果我說就是這麼一回事，你會回答嗎？」
我果然沒有猜錯。我感受到自己心跳加速。到底發生了什麼事？
「我去了ＫＴＶ。」我回答說。
「ＫＴＶ？」刑警露出意外的表情。
「沒錯，不行嗎？我也有想要唱歌的時候啊。」
「這當然是你的自由。」刑警點了點頭，「可不可以請你說一下詳細的情況？」

我詳細告訴他，我和誰去了哪一家KTV，從幾點唱到幾點。他面色凝重地做著筆記，還繼續問我誰唱了什麼歌，點了什麼飲料，結帳時付了多少錢，調查得十分徹底。

「什麼時候決定去KTV的？」

「球隊訓練結束的時候，姓近藤的隊員提議去唱歌。如果你不相信，可以去問其他人。」

「我會這麼做。」刑警一臉嚴肅地回答，然後又在記事本上記錄了什麼。

「到底發生了什麼事？」我判斷他已經問完了，所以開口問他。

溝口思考了一下，乾咳了一聲說：

「剛才你們的學校發生了事件，有人把某個教室的瓦斯閥打開了。」

「瓦斯閥？為什麼打開？」

「目前還不知道，只不過，」刑警舔了舔嘴唇，「有學生在那個教室昏倒了。」

「昏倒了……」

「我們會問當事人到底發生了什麼事，目前已經送去醫院，所幸並沒有生命危險。」

「但教室裡的是天然瓦斯，所以不會中毒。」

「你知道得真清楚啊，的確不會發生一氧化碳中毒，但會導致缺氧，所以同樣很危險。」

「是自殺嗎？」

「如果是當事人自己打開瓦斯閥就是自殺，但目前還不清楚。」

「那個學生是誰？」我在發問時，想起在電車上看到那兩個天文社的女生，內心有一種不祥的預感。

刑警回答說：「是名叫水村緋紹子的學生，三年級，天文社的成員。警衛發現她在第二科學實驗室昏倒了。」

第三章

1

隔天來到學校後，發現大家並沒有像我想像中那樣議論紛紛，但我很快就知道了其中的原因。緋紹子並沒有生命危險，所以學生並不知道這件事。雖然警車停在訪客停車場，但大部分人以為在調查之前的命案。

只是緋紹子所在的三年一班情況和平時不太一樣。我去一班偷偷觀察，發現上課鈴聲還沒有響，大部分學生都一臉沉重的表情坐在各自的座位上。因為要協助警方辦案，所以也許他們知道發生了什麼事。緋紹子當然不在教室內。

第一節課前的班會上，班導師石部也沒有提這件事，來上課的各位老師也都隻字未提昨晚發生了什麼。

但是，每次下課時間，就有消息陸續傳來。不用說，當然是一班的同學對外透露的。最初聽到的是「昨晚好像發生了瓦斯外洩」的傳聞，接著得知了水村緋紹子的名字。這時還認為她只是不幸被捲入意外。

但是，之後就開始變調了。說水村是自殺未遂，她想含著橡膠管自殺的傳聞一下子就傳開了。在下一堂課間休息時，又說其實是有男人要求她一起自殺，但水村獲救，那個男人死了，甚至還不知道從哪裡冒出來對方就讀的高中名字，在校園內傳得沸沸揚揚。應該是一班的學生只知道這起事件的皮毛，內心的猜忌讓他們不負責任地添油加醋，散布這些不實消息。

「完全不知道哪些是真的，哪些是假的。」在食堂吃完午餐後，川合一正用牙籤剔著牙，很不以為然地說。

「統統都是假的。」我說。

川合露出意外的表情，「咦？你好像很有自信嘛。」

「因為刑警昨天為這件事來我家。」

川合聽了，張大眼睛探出身體。

「真的嗎？」

「對啊，只是並沒有告訴我詳細情況。」

我把昨晚和刑警之間的對話告訴了川合。川合抱著手臂，發出了嘆息聲。

「水村昏倒在瓦斯外洩的教室內，到底是怎麼一回事？」

「那不是瓦斯外洩，」我小聲地對他說：「瓦斯閥怎麼可能自己打開？當然是有人故意去打開的。」

「誰幹的？是水村自己打開的嗎？」

「問題就在這裡。」我巡視了四周，確認沒有人偷聽我們的談話，又繼續說道：「如果是水村自己打開，就是自殺。也許她不知道天然瓦斯不可能造成中毒身亡，但是，刑警來我家調查我的不在場證明，」我把聲音壓得更低了，「也許代表現場留下了某些暗示可能是他殺的線索。」

「他殺……有人想要殺水村嗎？」川合的表情更嚴肅了。我點了點頭。

「警方當然認為和殺害御崎的兇手是同一人，所以刑警才會立刻去我家。」

「刑警得知你很晚回家，一定樂壞了吧？」

「幸好昨天去了ＫＴＶ，如果我直接回家，關在自己房間，又會莫名其妙遭到懷疑了，家人的證詞無法成為證據。」

「那得感謝近藤。先不說這個，」川合想了一下問：「御崎和水村……她們之間有什麼關係？」

「我怎麼知道？所以我才想要四處打聽情況啊。」

警方似乎對水村緋紹子這個學生被扯進來這件事感到不解，溝口也向我打聽了緋紹子的情況，問我有沒有和她同班過，之前有沒有聊過天。

「我們聊過幾次，但不是很熟。」

刑警似乎不太相信我說的話。

「你覺得她是一個怎樣的女孩？」溝口這麼問我。

「嗯，該怎麼說呢？」我偏著頭，「如果要用一句話來說，就是千金大小姐，除此以外，我想不到要怎麼形容她。」

「原來如此，她父親是公司的董事，她又是獨生女。」溝口立刻接口說道，似乎已經打聽過緋紹子的背景。

「而且不是普通的公司。」我又補充道。

「東西電機。」刑警點了點頭，「是超一流企業。」

「水村的父親掌管的是半導體事業部。」

「喔？」刑警的眼中露出懷疑的眼神。我立刻後悔自己話太多了，刑警立刻說：「雖然你們不怎麼熟，但你知道得很清楚嘛。」

「只是剛好聊到而已，其他的事就不得而知了。」我知道自己的話一聽就像在掩飾，內心不由得感到煩躁。

刑警還問了其他關於緋紹子的問題，但我都回答說不知道。

除了警方，我也對水村緋紹子扯上這件事感到驚訝，但如果要問我發生在誰身上，我不會感到驚訝，我也答不上來，總之，我萬萬沒有想到和緋紹子有關。緋紹子之前告訴我，她和由希子的關係並沒有特別密切，所以，認為和之前的事件無關，她只是試圖自殺的可能性最自然，只是我完全想不到她有任何自殺的動機。

總之，我想瞭解進一步的情況。

正當我在苦思時，看到一個適合向他打聽消息的男生在食堂外的福利社門口。他是和水村緋紹子同班的篠田進，之前曾經告訴我，學生輔導室為了轉移媒體的焦點，試圖讓棒球隊退出公式賽。我和川合一起走出食堂後叫住了篠田，他露出誇張的驚訝表情。

「跟我們說一下，昨天的事件到底是怎麼一回事？」我問他。

篠田看了看我，又看了看川合，「好啊，雖然我也不太瞭解詳細情況。」

「只要把你知道的告訴我們就好。」

「我只知道水村昏倒在滿是瓦斯的房間內，警衛救了她。」

「你有沒有聽說她為什麼會昏倒在那裡？」

「不是很清楚，但是——」篠田遲疑了一下，又繼續說：「聽說水村吃了安眠藥。」

我驚訝不已。

「安眠藥……所以是自殺？」

「這就不知道了。只是安眠藥的事是我們班導師說的，所以不會錯，大家才會說她是自殺未遂。」

「你不這麼認為嗎？」

「不，我也這麼認為。」篠田臉上的表情似乎在說：「這樣不行嗎？」

「還有沒有其他的消息？」川合一正問。

「我只知道這些，其他人應該也差不多，只是大家都擅自發揮想像力，樂在其中而已。」

「你知道水村住在哪家醫院嗎？」我突然想到這件事，急忙向他打聽。

「車站前的一家急救醫院，但聽說她今天就會出院。」

如果她今天就出院，去醫院也沒用。

「我可以問你一件事嗎？」篠田微微低著頭，黑眼珠子看向我。我點了點頭。我猜想八成是御崎被殺的事。

「棒球隊不必退出公式賽了嗎？」

他問了出人意料的問題，我有點驚訝。

「現在還沒聽說，」我回答：「有什麼問題嗎？」

「沒事。因為之前告訴你那件事，所以有點在意。既然不會退出，那就太好了。」

篠田向我們打招呼後就離開了。我目送著他的背影離去，覺得好像有哪裡不對勁，但又說不清楚，所以就沒有吭氣。

「如果是自殺，就和御崎的事件沒有關係吧？」川合說出了理所當然的見解，但我無法同意，我不認為兩起事件會在這麼巧的時機同時發生。

「我們去警衛室。」我提議說。

學校的警衛是一個整天穿著灰色工作服的瘦老頭，無論怎麼看，都不認為他可以發揮警衛的功能。我想起以前薰曾經質疑：「他是不是工友啊？」警衛老頭正在警衛室裡看電視。

「聽說昨晚出事了。」我隔著窗戶問他，老頭轉頭看著我們，關上了電視。

「才不是出事而已，只要我稍微晚一點去那裡，後果不堪涉想。」

他在說「後果不堪涉想」這幾個字時特別用力。我猜想他很想告訴別人昨晚發生的事。

「你怎麼會知道發生意外了？」川合問到了重點。

「因為我去巡邏啊。那個教室亮著燈，我覺得很奇怪，就走進教室察看。結果發現有一個學生躺在那裡，教室裡都是瓦斯味，我真的慌了神，急忙關掉了瓦斯開關，打開窗戶後，一直打那個學生的臉，叫她趕快醒過來。」
這老頭簡直亂來嘛，我點了點頭，繼續聽他說。
「因為她有反應，所以我知道她沒死，鬆了一口氣。之後忙著打電話到醫院，聯絡校長，真是忙死我了。」
「那個女學生是怎麼躺在教室？」我問。
「像這樣雙肘放在桌子上，頭睡在手上……就像你們上課打瞌睡時的樣子。」
看來並不是倒在地上。
「昨晚什麼時候？」
「嗯，八點二十分左右。」
這時候，我剛離開ＫＴＶ，正在搭電車。
「你也報警了嗎？」
「當然啊，他們很快就來了，差不多十分鐘左右就趕到了，一臉緊張地在教室內查了半天。之前的命案還沒有解決，如果又出現第二個死者，他們也不好交代吧。」警衛老頭說得事不關己，完全沒有想到自己是警衛的立場。
「警察問了你哪些問題？」
「就是你剛才問的那些，還有巡邏的時間和順序。」
「是喔。」我看著老頭的臉，「你巡邏是按怎樣的順序和時間？」

「學校方面要求，八點和十二點要去所有教室巡邏。」

「這就奇怪了，」川合在一旁插嘴說：「既然這樣，為什麼上次命案發生時，到第二天早晨才發現屍體？」

「那時候只有七點的時候巡邏一次而已，確定學生都回家了。學校方面之前說這樣就夠了，並不是我失職。況且這麼大的學校只有一個警衛太奇怪了，學校太吝嗇，不能怪我。」老頭嘟著嘴抱怨起來。

「是啊是啊。」我安撫著警衛老頭，「所以是因為上次發生了命案，所以增加了巡邏的次數嗎？」

「是啊，對學校來說，不採取一些措施不好交代，但這次總算發揮了正面作用。」

「那個女學生之後怎麼樣？」我問。

「沒怎麼樣啊，就被救護車送去醫院了，但好像意識不太清醒。」

「教室內除了瓦斯外洩以外，有沒有任何異常？」

「喔，刑警也問了我這個問題。」警衛老頭抓了抓花白的腦袋，「但我沒發現有什麼異常，況且我並不記得教室的情況，根本不知道哪裡變了或是哪裡沒變。」

也許的確是這樣。我點了點頭。

「如果硬要說的話，」老頭摸了摸下巴，「那個女生趴著的桌子上，有一個咖啡杯，裡面還有沒喝完的咖啡。因為我覺得喝了咖啡還會睡著太奇怪了，這到底是怎麼回事？」

我忍不住和川合互看了一眼。

離開警衛室後，川合說：「咖啡的事真奇怪。」
「嗯，」我點點頭，「又吃安眠藥，又喝咖啡，有人做這麼奇怪的事嗎？」
「我認為水村並不是自己吃安眠藥，而是有人把安眠藥放進咖啡裡。」
「放進咖啡……有辦法嗎？」
「天文社的人喝的是即溶咖啡，不是可以混在咖啡粉裡面嗎？」
「應該不太可能吧，安眠藥不是白色的嗎？一眼就看出來了。」
「那砂糖呢？」
「砂糖喔，那倒是有可能，但兇手怎麼知道水村什麼時候喝咖啡？」
「嗯……那倒是，又不能每天都守在她旁邊。」
我決定去向天文社的人打聽情況。
第五節日本史的老師是一班的副班導師，但這位中年老師也沒有提昨晚的事件，他平時就不苟言笑，今天感覺更嚴肅了。
但是，到了午休時間，學生之間流傳的消息越來越具體。由於緋絽子服用安眠藥的消息傳開了，大部分人都認為她是自殺未遂。
我心不在焉地聽著無聊的日本史，思考著緋絽子被人盯上的可能性。雖然目前完全不瞭解兇手的動機，以及和之前那起命案的關聯，但我猜想殺害御崎的兇手也盯上了她。最好的證據，就是瓦斯閥打開了。御崎遇害的現場，瓦斯閥也被拉了出來，這個共同點絕對不能忽略，警方應該也不會視而不見，只是無法瞭解御崎為什麼被勒死。

在日本史課結束之前，都無法找到任何答案。我似乎聽到老師說「入學考試經常會考這裡」，但也沒有認真聽，隱約覺得自己好像漸漸遠離了目前這場馬拉松的路線。

第六節是體育課，換了運動服後，我去一樓打開了自己的鞋箱。

鞋箱有兩層，通常都是上層放室內鞋，下層放室外鞋，我上學時穿的球鞋和上體育課時的運動鞋不是同一雙，所以上層作為運動鞋專用，平時只用下層。

當我從上層拿出運動鞋時，發現裡面有一個白色信封。我不假思索地把鞋子放了回去，巡視了周圍，幸好沒有人看到。

等大家都離開後，我緩緩打開鞋箱，拿出了信封。信封的正面和背面都沒有寫字，用黏膠封住了信封口。老實說，我覺得有點像傳統的情書，忍不住小鹿亂撞。

離上課還有兩、三分鐘，我走進廁所的隔間，打開了信封。裡面有一張白紙，但完全不符合我的期待，上面用文字處理機打了以下的內容。

「今天晚上八點，來××車站前的羅姆&拉姆咖啡店，告訴你誰是殺害御崎的兇手。」

2

棒球隊的訓練結束後，我向川合說明了情況，和他一起去了「羅姆&拉姆」。那家咖啡店寬敞的白色空間內，只有桌子和椅子而已，完全沒有任何趣味。這也難怪，因為店面的其中一部分成為３Ｃ產品的陳列室，所以才取「ROM & RAM」的店名。穿著藍色制服的年輕女人正在向一個大叔說明文字處理機的使用方法。雖然年輕女人的動作很恭敬，但可以隱約感受到她對客人輕視的態度，也許她覺得自己的工作和電腦有關，自以為高人一等。

我把自己的感想告訴了川合一正，他苦笑著說：

「大家都知道你討厭高科技。」

「並不是討厭，只是不喜歡廠商眼裡只有錢的態度，就連不必要的地方也要莫名其妙地和ＩＣ結合，以為這樣客人就會喜歡。」

「而且還會造成環境污染，我們一年級時的自由研究就是做這個課題。」

聽到川合這句話，衝向腦袋的血液頓時平靜下來。我和川合在一年級時同班，自由研究時也在同一個小組。

「算了，反正這種事和我們無關。」

這家咖啡店剛好位在學校和我家中間，也許和普通的咖啡店相比，這裡的飲料價格比較便宜，幾乎所有的桌子旁都坐著下班後的上班族。

「這家店很吵，讓人靜不下心。」川合打量著店內，說出了他的感想，「也許這種地方適合密談。」

「我也這麼認為。」我也表示同意，觀察了周圍，發現客人的進出很頻繁。

「寫信的人真的知道誰是兇手嗎？會不會只是捉弄你？」

「很有可能。」說完，我笑了笑，「因為我目前是全校學生矚目的焦點，捉弄我應該很好玩，我家也經常接到惡作劇電話。」
「惡作劇電話?怎樣的電話?」
「五花八門。」我把幾通惡作劇電話的內容告訴了他。
「居然有這麼討厭的傢伙。」川合皺著眉頭。
「如果這不是惡作劇，」我喝了一口咖啡，「而是真的知道兇手，只要告訴警察就好，為什麼只告訴我?」
「也許對方有什麼隱情，不方便直接告訴警方。」
「比方說?」
「比方說，」川合說完之後，陷入了沉默，隨即搖了搖頭說：「我不知道。」
「仔細想一想，果然是惡作劇的可能性比較高，」我拿出那封信，「果真如此的話，就該慶幸我幸好沒有上當。」
那封信的最後寫了日期和「密告者」三個字，但日期並不是今天，而是昨天。也就是說，這封信是昨天放進我的鞋箱，只不過因為我平時不看放了運動鞋的上層，所以沒有注意到。
雖然覺得惡作劇的可能性很高，但也忍不住感到惋惜。如果昨天看到這封信，現在或許會有完全不同的發展。
我決定這一陣子注意觀察鞋箱，也許對方會再次投信。
「不過，有一件事讓人在意，」川合嘟囔道，「真的只是巧合嗎?……」

「什麼事？」

「這封信和水村的事件。昨天晚上八點，不就是水村被捲入那起事件的時間嗎？」

「啊……」我的腦海中浮現了某個想法。一開始很模糊，但漸漸具體起來。「我懂了，」我咬著嘴唇，「這是陷阱……」

「什麼？」川合皺著眉頭。

「這封信是陷阱，絕對錯不了。」

「什麼意思？」

「如果我昨天根據這封信上的指示來這裡，對方卻沒有現身。約定的時間是晚上八點。我即使等到八點十分後回家，回到家也差不多八點四十分左右，和昨天的時間相同，但在學校發生了事件。刑警會來調查我的不在場證明，我卻無法證明來過這家店。」

「啊！」川合也驚叫了一聲，「對方想要消除你的不在場證明嗎？」

「就是這麼一回事。」我甩著那封信，「寫這封信的人並不是要告訴我誰是兇手，而是要設計我成為兇手。」

「所以，是兇手寫的嗎？」

「大概吧。」我說。

「太卑鄙了。」川合嘆著氣說，這時，他突然看向我的背後，神情緊張地說：「有不速之客。」我回頭一看，刑警溝口正向我們走來。我立刻把信放回上衣口袋。

「真巧啊。」他擅自坐在我們旁邊的椅子上。

我故意露出不耐煩的表情，「別裝了，八成又是在跟蹤我。」

「跟蹤你？為什麼？」

「那你為什麼會在這裡？」

「我來喝咖啡啊。」他若無其事地說：「你們又是為什麼在這裡？」

「我們也在喝咖啡啊。」川合一正回敬了他。

「我想也是，所以我才說很巧啊。」刑警笑了起來，「你們常來這家店嗎？」

川合看了我一眼，我回答說：「是啊，有時候會來。」我決定先隱瞞鞋箱裡那封信的事。

「頻率呢？」刑警窮追不捨。

「頻率？」

「像是每週一、兩次，或是每個星期幾來這裡之類的。」

「沒那麼常來，只是很偶爾，對不對？」川合徵求我的同意，我點了點頭，看向刑警。

「我們不可以來這裡嗎？」

「不，沒說不可以，只是我覺得這家店不值得你們中途下車，特地來消費。」溝口輪流看著我們兩個人，雖然他嘴角帶著笑容，但眼神很銳利。

「關於昨晚的事件，有沒有什麼新進展？」我改變了話題。

刑警的表情微微嚴肅起來，「才剛開始呢。」

「聽說水村吃了安眠藥。」我想要套他的話。

「是喔？」刑警眼睛一亮，「是誰說的？」
「是誰……傳聞啊。」
「是喔，傳聞都很不負責任。」
「有沒有向水村瞭解情況？」
「已經問過了。」
「結果呢？」
「什麼結果？」
「她怎麼說？」
刑警聳了聳肩，「因為昨天剛發生的事，她的情緒還很激動，目前還沒有正式向她問案。」
「她說是想要自殺嗎？」
「先不談這個，」他摳了摳耳朵，把雙肘放在桌子上，「我希望你回答我的問題。今天為什麼會來這裡？希望你說實話。」
我和川合互看了一眼後回答：「只是想來而已，沒騙你。」
刑警打量了我的臉，搓著厚實的手掌。
「那給我看一下你口袋裡的東西。」他指著我的上衣。
「口袋裡的東西？什麼意思？」
「我們都很忙，不必浪費時間。我知道你們剛才看著口袋裡的東西，神情嚴肅地在討論。」

「你果然在跟蹤我。」

「如果你這麼想，就隨你的便。即使我說不是這樣，你也不願意相信。總之，請你給我看一下。如果你無論如何都不願意，那我就不得不透過大費周章的手續達到目的，這樣你也會很不舒服。」

所謂「大費周章的手續」，應該是指帶搜索票之類的吧。我知道他只是威脅，但不想惹麻煩，所以就從口袋裡把信拿了出來。

「感謝你的協助。」刑警笑著接過了信，但看了內容之後，立刻臉色大變。

「我今天發現的。」我說。

「你們知道是誰寫的嗎？」刑警問。

我們一起搖著頭。

「我正在說，這是陷阱，目的是為了讓我沒有不在場證明，把殺害水村的罪嫁禍給我。」

「原來如此，這封信先放在我這裡。」他不等我回答，就把信放進了自己的口袋。

「我最後再確認一次，你們常來這家店嗎？」

「不，第一次來。」我回答。

「很好。」溝口心滿意足地離開了。

刑警離開後，川合偏著頭問：「那個刑警為什麼會在這裡？」

「一定是跟蹤我啊。」我說。

「不，好像不是這麼一回事。我的位置可以看到入口，我沒看到他走進來。而且，如果要跟蹤，不是會派你不認識的刑警嗎？」

「有道理……」這次輪到我感到不解，「那又是怎麼回事？」

「不知道，但也許在我們來之前，他就已經在這裡了？」

「怎麼可能？為什麼？」

川合搖了搖頭，我看著刑警離去的出口。

3

翌日早晨，搭擁擠的電車去上學時，在電車上發現了天文社的成員。那個綁馬尾的女孩個子嬌小，圓臉上戴的眼鏡也是圓的，擠在周圍的乘客中，低頭看文庫本的書。雖然和她只相差幾公尺，但她沒有看我一眼。

下車後，我追上前向她打招呼，她明顯露出害怕的神情。

「我想問妳水村的事，妳可以回答我的問題嗎？我們可以邊走邊聊。」

她對我皺了皺眉頭，小聲地回答：「如果被同學看到我和你走在一起，大家又會說閒話了。」

原來是這樣。於是我提議去車站前的便利商店，也許她覺得萬一拒絕，可能會更麻煩，所以一口答應了。

我先走進便利商店，假裝在看週刊雜誌，不一會兒，她走了進來。

「可不可以請妳告訴我前天的事？」我看著時尚雜誌問她，「就是水村差一點送命的事。」

「詳細情況我不太清楚……」她也拿起少女漫畫作為掩護。

「只要說妳知道的事就好。」我對她說。

她輕輕嘆了口氣，小聲說了起來：「那天和平時一樣，我們在六點之後上去屋頂觀測——」

她說，她們在屋頂上觀測到七點半。當時，另一個二年級的成員和水村緋紹子都在一起。三個人觀測結束後，回到社團辦公室的第二科學實驗室，稍微聊了幾句後準備回家，但緋紹子說，要休息一下再走，於是泡了即溶咖啡。她和另一個二年級的同學就先回家了。

「她是怎麼泡咖啡的？」

「怎麼泡……就是把咖啡粉放進杯子，然後加熱水。」

「有沒有加砂糖或牛奶？」

「學姊不加這些。」

既然這樣，就不可能把安眠藥混在咖啡裡。

「熱水是裝在熱水瓶裡嗎？」

「不是，是用自來水放在電熱壺中煮沸。」

這麼一來，也不可能事先加在熱水裡，所以，果然是加在咖啡裡嗎？
她看到我沒有說話，以為我問完了，問了一聲：「我可以走了嗎？」把漫畫雜誌放回架子。
「等一下，刑警有沒有來找妳問話？」
「昨天晚上來我家了。」
「問了妳哪些事？」
「就是前天晚上的事……我把剛才的話告訴刑警了。」
「還有沒有問其他的事？」
「還問了我們離開時，學姊的情況……」
「她的情況怎麼樣？」
「很正常啊，在走廊上道別時，也很有精神地說再見。」
「走廊上？」我追問道：「不是在實驗室嗎？」
「喔，」她微微抬起下巴，「我忘了說，我們走出實驗室後，學姊也走了出來，說原子筆忘在屋頂上了，所以又上了樓梯。」
「去了屋頂……」我倒吸了一口氣，「真的嗎？」
她露出害怕的神情，輕輕點了點頭，「是真的。」
這就代表當時實驗室裡沒有人。我的腦海中浮現一個想法，我對這個想法有十足的把握。

「刑警還問了什麼問題？」

「呃，還問了顧問老師的事，問他有沒有經常來社團，這天為什麼沒有和我們一起觀測。」

「顧問是灰藤吧？」

「對。」

「妳是怎麼回答的？」

「我回答說，老師基本上都會來，那天六點半的時候也來過一次。」

「刑警說什麼？」

「沒說什麼，只是點了點頭說，原來是這樣。」

「是喔。」我思考著刑警問灰藤的事有什麼意義，難道只是事務性地問一下顧問老師的事嗎？

我向她道了謝，「謝謝妳，我瞭解了。」

「還有一件事。」她遲疑了一下後說。

「刑警還問了我另一件事。」

「什麼事？」

「什麼事？」

「問我知不知道水村學姊和西原學長的關係——」

我知道自己的表情僵硬，「妳是怎麼回答的？」

「我說我什麼都不知道，然後刑警問我，有沒有看過你們在一起。我說之前在校門口外遇到你的時候，水村學姊叫我們先回學校，她神情嚴肅地和你說話。」

我嘆了一口氣。她可能察覺了我的表情，小聲地問：「呃，我是不是說了不該說的話？」

「不，沒關係，」我回答說：「我並不是想隱瞞。」

我們分別走出便利商店，去了學校。

中午在食堂時，我把從天文社的學妹打聽到的事告訴了川合和薰，也順便說了自己的推理。

「我猜想可能是水村去屋頂的時候，有人在她的咖啡裡放了安眠藥，除此以外，沒有其他方法可以讓她吃下安眠藥。」

「但是，這就代表兇手一直在某個地方監視水村。」楢崎薰說。

「我猜想的確在監視，」我說：「目的是為了等其他人都離開，只剩下她一個人的時候動手。」

「找機會把安眠藥放進咖啡嗎？」

「我認為並不是這樣，兇手並不知道水村會不會喝咖啡，而且，兇手無法預測她去屋頂時，會把咖啡留在實驗室。」

「既然這樣……」

「兇手可能是臨時想到用安眠藥的方法，原本打算用其他方法殺水村，所以一直監視她，尋找適當的機會。沒想到她去了屋頂，兇手就乘機躲進實驗室埋伏。」

「但是兇手發現桌上放著剛泡好的即溶咖啡，於是立刻改變計畫，把安眠藥放了進去嗎？」薰接著說道。

「就是這麼一回事。」

「所以，兇手隨時都帶著安眠藥嗎？」

「是啊。」我看著薰，對她點了點頭，「但是這種人並不少見，我爸爸也隨身帶著精神安定劑，因為壓力太大，情緒隨時都可能失控。」

「那是過勞。」川合小聲地說。

「是啊，」我露出沮喪的表情，「沒辦法，我爸爸把靈魂賣給了工作。」這時，春美的臉突然浮現在腦海。她是父親賣命工作的犧牲品。

「是喔。」看起來一輩子都不需要這種藥物的薰一臉不解的神情，用鼻子哼了一聲，「假設兇手是因為這個原因把安眠藥帶在身上，把藥放進咖啡後，應該會離開實驗室吧？」

「應該吧。」我想像當時的狀況，「然後水村走回實驗室。」

「過了一會兒，兇手再度去實驗室張望，確認水村睡著之後，就打開瓦斯閥逃走了……這麼一來，有可能被當作自殺處理。」

「如果不是天然瓦斯的話就成功了，」我說：「只不過兇手太笨了，所以水村才能活下來。」

「這麼一來，代表的確可能有人故意讓她吃了安眠藥。」川合說。

「但是，」薰說：「自殺的可能性也很高。」

「不，不可能，」我立刻表示否定，「刑警已經向水村瞭解了情況，但目前並沒有掌握明確的情況，而且，刑警還在晚上去了天文社的學妹家，問了很多問題。如果水村是自殺，應該不會這麼大費周章。」

「有道理……」

「再加上那封信，」川合看著我說：「那封信想要陷害西原。」

這件事之前就已經告訴了薰。

「也對，但為什麼水村會成為第二個被害人？她和御崎老師有什麼關係嗎？」

「不知道，但一定有某種關係。」

當我說這句話時，午休結束的鈴聲響了。我們站了起來。

放學後，我去了運動社俱樂部，發現兩名刑警剛好從田徑隊的活動室走出來。我之所以知道他們是刑警，是因為其中一個是溝口。溝口一看到我，嘴角帶著一抹微笑走開了。

當我站在田徑隊活動室的門口時，立刻知道了刑警來這裡的原因。因為活動室內貼著「防火負責人　御崎」的牌子。

我探頭向內張望，隊長齋藤正在和三名隊員說話。高高瘦瘦的齋藤是短距離和跳躍競技項目中很受矚目的選手，二年級時曾經和我同班，再加上都是隊長的關係，我們的關係很不錯。

他一看到我，我還沒有開口，他就對三名隊員說：「你們先出去。」把他們趕出活動室。

「你看到刑警離開嗎？」活動室內只剩下我們兩個人時，齋藤問我。他似乎知道我來這裡的目的，而且從他開朗的語氣來看，他並沒有懷疑我是兇嫌。

「是啊。」我在齋藤旁坐了下來，「他們在調查什麼？」

「我也搞不清楚，他們要求看田徑隊的用品。」

「用品？」

「對，所以就讓他們看了碼錶、起跑器之類的器具，但他們什麼都沒告訴我們。」

「他們老是這樣。」我點了點頭，「然後呢？」

「他們一開始對鉛球產生了興趣，但和他們提到啞鈴的事後，他們的注意力立刻集中到啞鈴上。」

「啞鈴的事？」

「對，少了一個啞鈴，上次社團活動重新開始後發現的。」田徑隊的啞鈴外形很像舉重用的槓鈴，只是中間的握桿變短，是訓練手臂力量時單手使用的器具。

「為什麼會不見了？」我問。

「我也想知道啊。我讓學弟去查了一下，但還是搞不懂，總之，一旦隊上的用品遺失，就要寫報告，真是頭痛，幸好現在沒有顧問老師。」

「我記得你們的顧問是御崎。」

「對啊，但只是形式上的顧問而已，她完全沒有做任何顧問該做的事，而且根本看不起運動社。」

「是啊。」我想起她之前為放學時間囉哩囉唆的事，「但刑警為什麼會對啞鈴產生興趣？」

「完全搞不懂。」齋藤做出投降的姿勢，「只不過今天並不是刑警第一次來。」

「之前已經來過了嗎？」

齋藤點了點頭說：「就是御崎老師被殺之後，但那次我沒遇到。他們說想看一下社團活動室，二年級的小田就帶他們參觀了一下。」

「他們要看社團活動室？不是和隊員見面？」

「對啊。」

「他們要向田徑隊員瞭解情況的話很能理解，但有點搞不懂他們為什麼要看社團活動室。」

「我們當時也這麼說。」

「那個姓小田的二年級學生，今天有來嗎？」

「今天是自主訓練日，所以應該不會來，改天再讓你們見面。」

「好，那就拜託了。」

田徑隊今天是自主訓練，但棒球隊今天是正常訓練。如果不趕快認真訓練，恐怕會趕不上夏季的地區大賽，無論如何都要避免在第一輪比賽中就落敗。雖然隊員都沒有提這件事，但大家都很擔心是否能夠順利參加比賽，我也沒有任何把握。
訓練結束後，我在活動室換衣服，吉岡走了過來，他難得露出嚴肅的表情。
「今天在電車上遇到了中野，他說了很奇怪的話。」
「中野？」我想不起中野是誰。
「你忘了嗎？就是到處宣傳由希子那件事的傢伙。」吉岡著急地說。
「喔。」我終於想起來了，就是散播由希子懷孕傳聞的二年級生，「他說了什麼？」
「我聽他說，」吉岡把滿是汗水的身體靠了過來，「刑警最近又開始在由希子發生車禍的地點進行調查。」
我停下了正在扣襯衫鈕釦的手。「真的嗎？」
「中野不是住在那裡附近嗎？所以他知道這件事，聽說警方很仔細地向附近的人打聽情況。」
「是喔……」
事到如今，他們在調查什麼？難道那起車禍有什麼問題嗎？
「中野還說了什麼？」
「不，只說了這件事而已，但是很奇怪吧？」吉岡也露出納悶的表情。
走出學校後，我和川合一正、楢崎薰討論了這件事。
「重新開始調查這件事太令人在意了。關於由希子的車禍，應該不可能有什麼新的發展。」川合說。

「但警察不可能隨便亂調查。」薰說。

我提議說，去現場看看，瞭解一下警察在打聽什麼事。

「去一趟是沒問題，但你打算怎麼做？難道我們三個人去附近的住家打聽，警察在調查什麼嗎？」川合凝視著我的臉。

「這倒不用擔心，有一個好方法，對不對？」薰徵求我的同意，她似乎和我想到了同一件事。

「嗯。」我點了點頭。

「步戀人」咖啡店內的六張桌子有兩張坐了客人，我們和上次一樣，坐在吧檯座位上。大嬸似乎記得我和薰，她說因為我們那天也是穿制服，所以印象很深刻。當我們把川合一正介紹給她時，她向川合拋了一個媚眼說：「好帥喔。」

我正在思考該怎麼開口，沒想到大嬸主動小聲地問我們：

「那個女孩車禍的事，之後有什麼進展？」她臉上的表情好像在看午間的八卦談話節目。

「什麼進展……」我從她的語氣判斷，發現她並不知道我們學校發生了命案，既然這樣，就不必提起這件事。「沒什麼進展啊。」

「是嗎？那警察為什麼問那些事？」她托腮陷入了思考。

「有誰問了什麼事？」薰用不經意的語氣問道。

大嬸似乎就在等這句話，她雙肘架在吧檯上探出身體。

「我跟你們說，不久之前，刑警又來了。」

果然有這件事。我瞥了一眼川合和薰，然後問她：「結果呢？」

「問了很奇怪的問題。他們拿出一張男人的照片，問那天車禍發生時，有沒有在現場附近看過那個人。」

「男人的照片？」我們三個人同時驚叫起來。

大嬸的身體向後一仰，「為什麼同時驚叫？男人有什麼問題嗎？」

「不，那倒不是……是怎樣的男人？」我問她。

「嗯，我想想，」大嬸探出吧檯的身體像蛇一樣扭動著，黑色T恤的領口敞得很開，壯觀的乳溝若隱若現。我差一點把嘴裡的咖啡噴出來。「我記不太清楚了，」大嬸說：「只記得上了年紀，如果是年輕男生，我應該會記得很清楚。」

我們三個人互看著，用眼神互問，你認為是誰？

薰靈機一動，問大嬸說：「那個人是白頭髮嗎？」

大嬸立刻有了反應，她用力拍了一下手。

「沒錯沒錯，我想起來了，有點像白色，又有點像灰色，頭髮都往後梳。」她用雙手比畫著髮型。

就是他。我心想道。

4

翌週星期一的第三堂是地理課。

「我並不是要求你們理解愛因斯坦的相對論，」灰藤把灰色的頭髮往後撥，在教室的課桌之間走來走去，「只是要求你們認真聽我上課，記住我在黑板上寫的內容。記住這些內容很簡單吧？誰都可以做到，就連小學生也沒問題。但是，我辛辛苦苦為你們上課，你們卻充耳不聞，也不抄我在黑板上寫的內容，怎麼可能記得住嘛。到時候是誰傷腦筋？當然是你們。什麼時候傷腦筋？當然是考大學的時候，你們不要以為時間還很早，等你們渾渾噩噩地過完暑假，就為時太晚了。」

我很不耐煩地聽著灰藤這番刺耳的論調，雖然我根本不想聽，但總不能把耳朵塞起來。只不過我發現他今天說話好像沒什麼精神，應該說，聽起來有點無精打采，好像今天的氣色也不好。當然，也許只是因為我對他抱有成見，所以才會有這種感覺。

今天第二節下課的休息時間，薰把我叫到走廊上，川合也在一旁。因為他們掌握了新的進度。

「我去調查了那件事，就是坂上老師那件事。」

「坂上？喔，妳是說教物理的地鼠。」

他是川合班上的班導師。

「上次你不是叫我去打聽一下，他和刑警在咖啡店聊了些什麼嗎？今天早上剛好在電車上遇到他，所以就鼓起勇氣問了他。」

「喔，妳是怎麼問他的？」川合滿臉賊笑。

「沒有拐彎抹角，就直截了當地問。老師，你上次在咖啡店和刑警見面吧？他有點驚訝，但可能很久沒有女生和他打招呼了，他笑得很開心。」

川合噗哧一聲笑了起來，「我能想像，對地鼠來說，今天早晨真是太美好了。」

「有收穫嗎？」我問。

「是啊，刑警好像問他科學老師聚會的事。」

「這是什麼聚會？」

「我也搞不太清楚，好像是教物理、化學和生物的老師聚在一起喝酒。」

「這和命案有什麼關係？」

「那次聚會的日期剛好是御崎老師遇害的那天晚上。」

「是喔……」這麼一來，當然不能忽略。

「所以，刑警就問了那天的聚會從幾點到幾點，有誰出席之類的問題。」

這不是在確認不在場證明嗎？我不由地想道。

「地鼠怎麼回答？」川合問。

「時間是七點到九點，所有教科學的老師都參加了。」

「所有教科學的老師喔。」我陷入了沉思。

川合似乎猜透了我的想法，立刻說：「這代表灰藤也在其中。」

我默默點了點頭。

我想起了前幾天的事。

警察給「步戀人」的老闆娘看的照片就是灰藤，這點不會錯。雖然老闆娘說她不擅長記人的長相，但我們在描述灰藤的特徵時，她不停地點頭，「沒錯，沒錯，就是長這樣。」

老闆娘說她在車禍現場並沒有看到灰藤，也對刑警這麼說，但我們對警方認為灰藤有可能在車禍現場這件事產生了強烈的好奇心。警方會這麼想，其中必定有原因。

「如果灰藤也在車禍現場，會是什麼情況？」走出「步戀人」後，我問他們兩個人。

「只有一個可能，就是御崎和灰藤同時在監視由希子。」川合說。

「為什麼當初聲稱只有御崎老師一個人？」薰問。

「其實他們很想說兩個人都不在現場，但因為最後瞞不過去了，所以至少必須有一個人出面承擔。因為是在婦產科，覺得說女老師在那裡監視比較妥當，於是就謊稱只有御崎在那裡──差不多是這樣吧。」我說。

「我也這麼認為。」薰也表示同意。「還有另一個理由，他們想避免學生輔導室長灰藤的權威受到影響。」

這也很有可能。

「問題在於這件事和命案有什麼關係。」我說。

川合想了一下，緩緩開了口。

「如果灰藤和御崎兩個人一起監視由希子，到底是誰去追由希子？」

「啊？」我忍不住停下了腳步，薰也看著川合。

川合輪流看著我們說：「雖然他上了年紀，但我猜想應該是他去追由希子。」

薰用力拍了一下手，很有力地說：「有可能，絕對有可能。」

「對喔，一定是灰藤追由希子，導致她發生車禍，御崎老師只是代罪羔羊，絕對就是這麼一回事。」

「果真如此的話，」川合繼續說道：「御崎老太婆一定覺得很不開心。自從西原那番爆炸性的發言之後，她一直遭到學生和周圍人的指責，搞不好她想要說出真相。」

我能理解川合想要表達的意思。

「御崎揚言要說出真相，灰藤在情急之下殺了她？」

「我認為這種可能性完全存在。」川合用冷靜的口吻說。

「也許警方也認為有這種可能，所以才會再度去車禍現場打聽情況。」薰張大了眼睛。

「也許吧。」我說。

灰藤繼續上著課。這裡很重要，一定要背下來。這是考試經常會考到的部分。喂，你有沒有認真聽課——他不忘監督學生的上課態度。

我對他瞭解多少——看著拿起粉筆，又在黑板上寫字的灰藤背影，我忍不住想道。

聽說他五十多歲，在這所學校工作了將近三十年，差不多就是這個年紀。他最引以為傲的，就是從來沒有請過假。即使公車和電車罷工時，他也在前一天睡在警衛室，克服了這個問題，就連學校因為颱風放假時，他也淋得渾身濕透，在上課之前趕到了學校。

他擔任學生輔導長的嚴厲和糾纏當然不用說，從宮前由希子的事中就可以知道，他強勢干涉學生的私生活。曾經有男生在放學後想去電玩中心玩，結果被躲在路旁的灰藤當場逮到。沒有向學校申請就在外打工的女生，也曾經被迫寫了一個月的反省報告。

許多學生都淪為這個男人的犧牲品，一旦有學生被他盯上，就會徹底遭到監視，所以，那些學生被稱為「灰藤的眼中釘」。成為「眼中釘」的學生經常讓其他同學敬而遠之，因為其他人都擔心遭到池魚之殃。

但是，許多優等生都對灰藤有高度的評價。

「雖然大家不喜歡他，但那個老師很了不起，真心投入教育，恐怕很難找到第二個像他那麼認真的老師。」我曾經聽過有一個同學這麼說，家長會很肯定他，其他老師也都對他另眼相看，就連校長和學務主任也都敬他三分。

但至少我不信任他，也不肯定他的行為。如果他是優秀的老師，在宮前由希子死去之後，他至少應該在守靈夜時露出悲傷的表情。

我記得很清楚，在守靈夜時，他只顧著監視學生。

我思考著灰藤是這一連串命案兇手的可能性。如果採納川合的說法，就可以解釋殺害御崎的動機，但殺害水村緋紹子未遂事件呢？

這時，我的腦海中浮現了一個場景。那是去年秋天，我在樓下看到了灰藤和緋紹子兩個人在四樓的窗戶前用天文望遠鏡觀測星星。當時，緋紹子看著望遠鏡，灰藤瞇著眼看著她。灰藤當時的表情，絕對不是指導學生的顧問老師應有的表情。

他把水村緋絽子視為女人——那時候我忍不住這麼想。

他對緋絽子毫無戒心，也證明了我的直覺沒有錯。比方說，他很早就告訴緋絽子由希子懷孕的事。

所以，也許他會告訴緋絽子，自己也在車禍的現場。但御崎遭到殺害後，他最擔心緋絽子把這件事告訴別人，於是，他想殺她滅口——

這樣的解釋似乎很合理，卻也忍不住懷疑，只是因為這樣的動機，就會接二連三地殺人嗎？不過轉念一下，這些人搞不好原本就不正常。

仔細想一想就會發現，我們這些學生對老師一無所知，老師可以侵犯學生的隱私，幾乎到了無視人權的地步，但學生完全不瞭解老師。學校就是這種地方。

我要打破這種架構。

5

水村緋絽子從這天開始回學校上課，這件事成為新聞，一大早就在學校傳開了。不知道該說是不可思議還是理所當然，沒有人繼續認為那天是她自殺未遂。我認為應該是她親自否認了這件事，所以，只剩下意外或殺人未遂這兩個可能。也許大家的想法都差不多，在談論這件事時的語氣比之前更加沉重。聽說媒體也已經得知了消息，有幾個學生在上學途中差點被攔下來接受採訪。

最有趣的是，別人對我的態度稍微有了改變，似乎不再像御崎剛遭到殺害時那樣，認為我有重大的嫌疑，但是，外人應該並不知道我有不在場證明。據我的想像，應該是接連發生了殺人和殺人未遂事件，他們終於發現懷疑平時一起上課的同學是兇手這種事不太符合現實。

灰藤的課上完之後，我去廁所時順便向一班的教室張望了一下。水村緋紹子被幾個男生和女生包圍，那幾個同學不停地說話，緋紹子不時露出從容的笑容。

這時，她突然抬頭看到了我。我沒想到她會抬頭，來不及把臉轉開。我們的視線交會，只有短短的一秒而已。我慌忙移開視線，轉身離開了。

但是，以結果來說，我們視線交會發揮了正面效果。因為此舉讓緋紹子想到了我，所以，即使午休時間在屋頂上看到我時，她也沒有太意外。

「你果然在這裡。」她像上次一樣，按住一頭長髮走向我，「我猜你應該會在。」

「我也想到妳可能會來這裡。」說完，我拍了拍自己的臉頰，「我又忘了，不能說『妳』。」

緋紹子只有嘴唇露出笑容，「你是不是有問題要問我？」

「有一大堆問題要問，不知道該從哪裡問起。」我說。

「你知道多少？」

「一點點而已。」

我說了天文社的學妹告訴我的事。

「差不多就是這樣，沒什麼可以補充的。」緋紹子聽完之後這麼對我說。

「她看到妳去屋頂拿原子筆，之後的事她就不知道了。」我說。

「我拿了原子筆之後，立刻回到了實驗室，」緋紹子說：「然後喝了咖啡。」

「當時室內有什麼異樣嗎？」

「我沒有注意，但過了一會兒，突然很想睡，一邊想著到底是怎麼回事，一邊趴在桌子上，想稍微睡一下，之後就不太清楚了。當我醒過來時，發現自己躺在醫院的病床上，頭很痛，也很想吐。」

「是不是咖啡裡加了安眠藥？」

「應該是這樣，刑警也問我，那天是否有人在社團活動室讓我吃了什麼藥粉，聽說咖啡杯旁邊有少許安眠藥的藥粉。」

「原來是這樣。」我點了點頭，心想應該就是這麼一回事，「所以，這代表妳差一點被人殺害。」

緋紹子隔著鐵網低頭看著操場，嘆了一口氣。「我不知道。」

「不知道？怎麼可能？難道安眠藥會自己跑進咖啡裡，或是瓦斯閥自己打開嗎？」

「這種事我怎麼知道？」緋紹子突然大聲說道，再度用右手的手指抓著鐵網，「我只是陳述事實而已，這種事的確不可能偶然發生，但到底是誰、為了什麼目的想要殺我？」

「妳不知道嗎？」

「我不知道是誰。」她回答時沒有看我。

「我認為和殺害御崎藤江的是同一人，警方也是這麼認為吧？」

「不知道，」緋紹子的臉稍微轉了過來，「這次的事你又遭到懷疑了嗎？」

「一開始應該曾經懷疑我吧。」

「一開始？」

「刑警來我家問我的不在場證明，但我有明確的不在場證明。在妳面臨危險時，我和川合他們一起去了ＫＴＶ。」

「ＫＴＶ？」她露出懷疑的表情皺了皺眉頭，但立刻輕輕點頭，「是喔，原來你去了ＫＴＶ。」

「多虧去了那裡，差一點就被兇手陷害了。」

「被兇手陷害？」

「沒事。」我決定隱瞞鞋箱裡那封信的事，「對了，我還想問妳另一個問題。那天晚上，灰藤稍微露了臉，很快就離開了，對嗎？」

「灰藤老師？是啊……老師怎麼了嗎？」

「警察好像在懷疑他。」

聽到警察在懷疑他，緋紹子的臉色有點變了。

「為什麼警察會懷疑老師？」

「這我就不知道了。」我笑嘻嘻地回答。

「灰藤老師不是兇手。」

「妳很有自信嘛。」

「因為老師有不在場證明。我差一點被殺的那天晚上，老師去看牙齒。」

「去看牙齒？妳怎麼知道？」

「他來醫院探視我時說的，所以很晚才得知消息。」

太可疑了，我忍不住想，時機也未免太巧了。

「哪一家牙科醫院？」

「這我就不知道了。」緋紹子搖著頭。

這時，有一對男女學生走了上來，一看到我們，露出有點失望的表情。看來並不是只有我們把這裡當密會場所。

「你問完了嗎？」緋紹子問。

「還有最後一個問題。由希子發生車禍時，只有御崎在場嗎？妳有沒有聽灰藤說，還有其他人在場。」

緋紹子聽到我這麼問，眼睛瞪得更大了。

「還有誰在場？」

「我在問妳啊。」

「我不知道。」她把頭轉向一旁。

「那就沒事了。」我轉身準備離開，但立刻回頭問：「妳的身體已經沒問題了嗎？」

她有點不知所措地眨了眨眼睛說：「總算差不多好了。」

「是嗎？太好了。」

「謝謝。」她看著我的眼睛回答。

我走向樓梯。

因為時間還早，我去了保健室，幸好只有古谷老師一個人。她正喝著紙盒包裝的果汁看報紙，看到我走進保健室，驚訝地動了動嘴巴。

「怎麼了？手腕還痛嗎？」

「不是，我想請教一下老師。」

「請教什麼？」

「我們學校的老師大部分都去哪一家牙科醫院？」

「好奇怪的問題，」古谷老師露出狐疑的眼神，「你為什麼想知道這件事？」

「我非說理由不可嗎？」

「你問我這樣的問題，我怎麼可能不問理由？」

我嘆了一口氣。當然不可能告訴她，是為了調查灰藤的不在場證明。

我只好硬擠出一個理由，「為了保護我的名譽。」

古谷老師瞪大眼睛說：「為了名譽，還真是事關重大啊。」

「老師應該知道，這次的事件中，我被大家懷疑，所以我想要挽回自己的名譽。」

老師一臉嚴肅，緩緩搖著頭說：「沒有人懷疑你。」

「謝謝老師，但這聽起來只是安慰而已。如果老師認為無論如何都不能說，我只能放棄。那我告辭了。」我鞠了一躬，準備走出房間。
「等一下。」在我抓住門把時，古谷老師開了口。我回頭看著她。
老師皺著眉頭，用指尖抓了抓右眼下方。「你應該不是為了不正當的目的吧？」
「不是。」我斬釘截鐵地說。
老師抱著雙臂，嘆了一口氣說：「大家通常都去車站前的二村牙科醫院，因為放學後可以順路去看，但那裡必須提前兩個星期預約，所以不適合工作很忙的老師。如果臨時想要看牙齒，通常會去稍微遠一點的小林牙科醫院。」
應該是這一家。我直覺地認為。如果提前兩個星期預約，難以預料到時候會發生什麼事，很難用來作為不在場證明。
我向古谷老師請教了小林牙科醫院的地址。從車站走去那裡要二十分鐘。
「有沒有幫到你？」
「應該吧。」我回答。
「是喔。」老師似乎在想什麼，但並沒有說出口。
「謝謝老師，幫了我的大忙。」我恭敬地鞠了一躬，走出保健室。
這一天，棒球隊的訓練結束後，我立刻去了小林牙科醫院。我擔心人太多會引人矚目，所以並沒有邀川合和薰同行，而且我也不想給他們添麻煩。
小林牙科醫院位在一片古老建築的寧靜住宅區內，雖然名字很響亮，但醫院卻很小。
走進牙科醫院，狹小的候診室內已經有三個人，老人、中年男人和一個像小學生的小鬼。我把頭伸進櫃檯窗口，一個瘦女人坐在裡面，臉上的妝看起來好像酒店小姐。

「我想請教一件事。」

「啊？」櫃檯的女人木然地張著嘴，她的牙齒很不整齊。

「最近有沒有一個姓灰藤的人來看牙齒？」

「輝藤？」

「是這樣寫的。」我在學生手冊上寫了灰藤兩個字，出示給櫃檯的女人。

女人臉上不耐煩的神情立刻變了樣。

「你是誰？」她露出緊張的眼神。

我立刻知道，刑警已經來過，而且問了相同的問題。

「不，我不是什麼可疑人物，如果姓灰藤的人來過，我想請教一下是什麼時候來過。」

「除了家屬以外，我們無法告知病人的事。你不是他的家屬吧？你到底是誰？你叫什麼名字？」

「不，我的名字不值得一提。」

「你是不是修文館高中的學生？我要通知你們學校。」

女人尖聲說道，其他病人開始打量我。我知道此地不宜久留，匆匆道別後逃走了。

果然無法如願——我信步走在通往車站的路上，思考著是否有其他方法確認灰藤是不是兇手，但是到了車站，仍然沒有想到任何好主意。

我拿出月票，正想走進剪票口，有人從背後抓住了我的肩膀。回頭一看，刑警溝口露出可怕的眼神看著我。

「可不可以跟我來一下？」他的聲音也很不客氣。

我輕輕點了點頭，他立刻轉身大步走了起來。我跟在他的身後。

刑警挑選的竟然是我和由希子第一次去的那家咖啡店。回想起來，那天成為一切的起點。如果那天沒有和由希子在那裡喝咖啡，也許現在的一切都不會發生。

點完飲料，溝口趕走服務生後，立刻看著我問：「你為什麼多管閒事？」

「多管閒事？」

「你不是去牙科醫院打聽灰藤老師的事嗎？」

我的身體忍不住抖了一下，腦海中浮現出櫃檯那個女人的臉。她似乎在我離開後，就立刻報了警。

「回答我，為什麼要做這種無聊事？」

「才不是什麼無聊事，對我來說是重要的事。因為我猜想灰藤可能是兇手，所以我想確認一下，這有什麼問題嗎？」

刑警露出難以理解的表情，緩緩搖著頭說：「偵查的事，就交給我們吧。」

「雖然很想交給你們，但你們完全不透露目前偵查的狀況。」

「因為沒有必要。」

「叫我在一無所知，而且忍受周圍人奇怪的眼光的情況下乖乖等消息嗎？」

「無視這些人就好。」

「希望你不要覺得事不關己，說一些不負責任的話。」我蹺起二郎腿，把頭轉到一旁。服務生送來兩杯咖啡，談話暫時中斷了。
刑警用鼻子吐了一口氣問：「你為什麼認為灰藤老師是兇手？」
我冷笑了一下說：「警察告訴我的。」
「我們？」
「你們不是去由希子的車禍現場打聽情況嗎？」
我簡單說明了懷疑灰藤的過程，溝口似乎有點驚訝，嘴角不時露出苦笑。
「原來如此，」他摸了摸泛著油光的臉，「你調查得真清楚，看來不能小看高中生啊。」
「為什麼警方認為灰藤也在車禍現場？」
「偵查不公開。」
「又來了，」我哼了一聲，「只知道向我打聽，自己卻不透露半點消息。」
「我記得之前也說過，我們不能隨便亂說話，尤其灰藤老師是你們的老師，輕率的發言可能會破壞學校的營運。」
「老實說，早就已經破壞了，已經亂七八糟了。」
「既然你這麼說，那我就告訴你一件事。」刑警喝了一口咖啡，看著我的臉說：「灰藤老師並不是兇手。」
「呃！」他的語氣太斬釘截鐵，我有點不知所措，「你為什麼這麼斷定？」
「因為他有不在場證明。」他靠在椅子上，鎮定自若地蹺起二郎腿，「根據解剖結果，御崎老師的死亡時間是晚上八點到十點，但那天晚上，灰藤老師在九點之前，參加了科學老師的聚會。」

「我知道，但在聚會結束後，只要抓緊時間——」

「不，不，」刑警搖著頭，「之後他們又去續攤，在附近一家小酒館喝到將近十一點，這一點已經確認了，和他的證詞也沒有矛盾，所以，不可能是他行兇。」

「死亡時間確定嗎？」

「當然會有誤差，但即使在續攤結束後立刻去學校，最快也要十二點才能到，相差了整整兩個小時，我們認為，不可能有這麼大的誤差。」

「那水村差一點被殺的事件……」

「喔，那件事，」刑警輕笑一聲，抓了抓耳朵，「灰藤老師在那次的不在場證明也很完美。你剛才去的小林牙科醫院櫃檯的女人已經作證，在案發的時間，灰藤老師正在治療蛀牙。」

我不知道該說什麼，伸手拿起咖啡杯。

「瞭解了嗎？」刑警說：「灰藤老師不是兇手，所以，請你不要再做一些莫名其妙的事了，會妨礙我們的偵查工作。」

「既然這樣，」我說：「目前是誰？誰是頭號嫌犯？該不會是我吧？」

「恕我無法奉告，但當然不是你，而且，我可以告訴你一件事，我們離真相已經不遠了，只差一步。」

「什麼時候可以真相大白？」

「這就不知道了。」

「真是夠了。」我故意重重地嘆了一口氣，「簡直就像是國會答辯。」

「偵查工作之所以遲遲沒有進展，」刑警說：「是因為有人沒有說實話。」

「喔，有這種人嗎？」

「有啊，」刑警點了點頭，「眼前就有一個。」

我知道自己的神色緊張起來，「你的意思是我在說謊嗎？」

「你敢對上帝發誓嗎——如果是基督徒，應該會這麼問吧？」

「請你說清楚，我說了什麼謊？」我著急起來。

刑警把手伸進了西裝的內側口袋，我以為他要拿警察證，沒想到他拿出的是 Caster 淡菸，用廉價打火機點了火，深深吸了一口氣，露出觀察的眼神看著我。我知道他故意吊我的胃口，但我也真的著急起來。

「那我問你，」刑警終於開了口，「水村緋絽子是不是你的女朋友？」

我一時無法理解他說的話，木然地看著他。他的問題在腦海中產生了迴音，我全身的血開始逆流。

「你在說什麼啊？」我努力讓自己不結巴，「為什麼這麼說？你完全沒有任何根據，卻胡說八道，信口開河。」

「我對你說過很多次，我們不會說毫無根據的話。」刑警把 Caster 淡菸在菸灰缸中捻熄，「在調查御崎老師遇害的事件時，我們當然也調查了你的情況。御崎老師導致你女朋友車禍身亡，你對宮前同學的感情是不是足以讓你殺害御崎老師成為重要的關鍵。老實告訴你，最後的結論是否定的。你和宮前同學的關係並沒有那麼深入，你們並不是男女朋友。」

「請你說說根據。」我努力克制著內心的緊張問。

「第一個根據，」他喝了一口水，「就是我的直覺。你還記得我們第一次見面的時候嗎？你向我們說明了宮前同學的車禍和背景，當時我聽了，有很奇怪的感覺。因為你在談論女朋友的死亡時，臉部表情卻沒有變化，看起來不像是克制著內心的痛苦，和新聞主播一樣，只是如實傳達事實而已。」

「只不過因為這樣……」

「你可別小看刑警的觀察力，」他的雙眼發亮，「你在談論御崎老師時的態度也很冷漠，感覺和自己無關，所以我一度告訴自己，你只是個性比較冷漠而已，但分析你為了宮前同學的事，向校方進行的一連串抗議活動，感覺不像是這種性格的人。只有性格很激烈的人，才能夠在大家面前坦承這種事。於是，我去向包括你們球隊的隊員，還有其他人打聽了你和宮前同學的關係，令人驚訝的是，竟然沒有人知道你們的關係，只有棒球隊的經理楢崎同學說，一年前就知道你們的關係，但她說話的內容牛頭不對馬嘴。接著，我去了宮前同學家，請她父母給我看了她的所有照片，竟然完全沒有任何一張照片可以顯示你們在交往，而且你甚至沒有寄新年卡給她。從她母親口中得知，你從來沒有打電話給她，以時下的高中男女朋友來說，很難想像這種情況。於是，我得出一個結論，你和宮前同學或許有某些關係，但並不是你說的那樣，因此，你的抗議活動只是做做樣子而已。」

我默然不語。雖然試圖反駁，但又覺得在這位刑警面前，無論說什麼都沒用。

「至於為什麼需要做樣子，我也不清楚，可能是在意某個人的看法吧，總之，這和我們偵查沒有關係，重要的是，你沒有理由殺害御崎老師。說句實話，即使沒有這件事，以我對你的印象，也覺得你是清白的。」

我咬著嘴唇。當我發現自己被完全看透後，才驚覺以前自己做的事很膚淺。

「所以呢？」我好不容易才開口問：「姑且不管你剛才說的內容是否正確，為什麼會覺得水村是我的女朋友呢？」

「如果不這麼想，在水村緋紹子差一點被人殺害這件事上，很多事情無法合理解釋。」

「怎樣無法合理解釋？」

「目前還不能透露。」溝口再度抽著菸，似乎想要表現出從容的態度，吐了兩口煙之後說：「我問了水村緋紹子的母親，她女兒目前是否有交往的對象？」

「她怎麼回答？」我緊張地問。

「她說沒有。」

我鬆了一口氣，「但你並不相信。」

「之後我又問，是否曾經從她女兒口中聽過西原這個男生的名字。她母親雖然回答沒有，但難掩臉上的慌亂表情，所以我就憑直覺知道，雖然不知道是什麼原因，不光是你們自己，你們的父母也想隱瞞你們是男女朋友這件事。」

「那只是你的猜想。」

「是嗎？我可不這麼認為，尤其在瞭解你們父母之間的關係後，就有了更豐富的想像。」

我知道自己的臉立刻紅了起來，刑警眼尖地察覺了，露出了心滿意足的笑容。「東西電機是你父親公司的主要客戶，我沒說錯吧？」

「無聊死了，」我不以為然地說：「這種事和父母有什麼關係。」

「是喔。」刑警緩緩吐著煙，「好吧，那就來聊聊圍巾的事。就是你聲稱是宮前由希子送你的那條圍巾。」

「那條圍巾怎麼了？」

「那是水村同學送你的，對不對？」

我不敢正視刑警試探的眼神，喝了一口水。我覺得口乾舌燥。

「你有什麼證據……」

「有環境證據，」刑警立刻回答：「水村緋紹子同學有一個中學同學叫前田香織，她在去年的聖誕節之前，陪水村同學去買了一條圍巾。經過詳細瞭解後發現，那條圍巾和你聲稱是宮前同學送你的圍巾一模一樣。她還告訴我，她曾經在水村同學主辦的聖誕節派對上，見到了修文館高中的一個姓西原的男生。」

腋下流下一道汗。

「怎麼樣？願不願意實話實說？你和水村同學是不是男女朋友？」刑警在說這句話時，臉上露出了得意的神情，我知道自己的臉很沒出息地扭曲著。我作夢都沒有想到，我的秘密，我不願意讓任何人知道的秘密竟然會以這種方式被揭穿了。

「正確地說，」我嘆著氣，「我們曾經是男女朋友，在今年三月之前。」

「三月……嗯。」刑警露出納悶的眼神，「為什麼分手了？」

我皺起眉頭問：「連這種事都要說嗎？」

「不，沒關係，是我問太多了。」他揮了手，「但現在，我們又向真相邁進了一步。」

「我真是搞不懂，我和緋絽子的關係和事件有什麼關係？」

「以後會告訴你。」刑警吐著白煙，這次把水倒進菸灰缸，熄滅了菸蒂的火，然後拿起帳單站了起來。「總之，偵查工作就交給我們，知道了嗎？」

我沒有說話。

「啊，對了，有一件事要告訴你。」刑警彎下腰，把臉湊到我面前說：「我不知道你心裡是怎麼想的，但在水村緋絽子同學心中，你還是她的男朋友，這件事絕對不會錯。」

我驚訝地抬頭看著溝口，他閉起一隻眼睛，走去結帳了。

6

我坐在電車上，回想著剛才和刑警溝口之間的對話。他問了我完全意想不到的問題，我對他據實以告，但還是不知道我和緋紹子的關係到底與事件有什麼關係。溝口雖然說：「如果不這麼想，很多事情無法合理解釋。」但到底是怎樣無法合理解釋？

我閉上眼睛，讓身體隨著電車搖晃。我必須承認，說出緋紹子的事，內心鬆了一口氣。這段時間以來，我一直想要一吐為快。

我在高一的時候認識了緋紹子。說得更明確一點，是在入學典禮上認識了她。她是隔壁班的新生，坐在我的斜前方。當時留著一頭齊肩長髮，烏溜溜的頭髮反射著從窗戶照進來的陽光。

校長滔滔不絕地發表致詞時，她一直看著前方，但並不是認真聽校長致詞，流線型的雙眼似乎回想著某個遙遠國度的風景，她緊閉的雙唇卻有一種急迫感。其他同學都沉浸在剛入學的興奮中，但她的全身散發出一種異樣的氛圍，宛如某種特殊的光環。

入學典禮接近尾聲時，發生了一點狀況，她突然轉頭看向我的方向。我們四目相接，我慌忙垂下雙眼。

那一刻之後，她的影子始終佔據了我的心。無論上學途中、午休、放學後，我都會不由自主地尋找她的身影，每當幸運地發現她的身影時，全身的神經都集中在她身上。奇妙的是，每當我看著她，她也都必定會看我，我曾經在棒球隊訓練時因為和她眼神交會，一下子慌了神，不小心失誤了。

我立刻知道她叫水村緋紹子，也知道她加入了天文社。得知這件事後，我曾經天真地也想去加入天文社。

也許是因為有很多男生注意到緋紹子，所以她很快成為同學之間談論的話題，但幾乎都是負面傳聞。

有人說：「聽說她不和窮人說話。」也有人說：「她聽父母的話，來讀這所學校，但其實她原本想讀私立的貴族學校。」她個性傲慢、自尊心很強，喜歡別人把她捧在手心——對她的評價大致如此，至於她實際做了什麼，從來沒有聽到任何具體的事例。一定是因為她的言行舉止透露出她的家境優渥，讓別人覺得她很孤高。當然，除了負面傳聞以外，我也聽說她的成績很好，彈了一手好鋼琴。

我很希望拉近和緋紹子的距離，但一年級時始終沒有機會，直到二年級的秋天，我們才第一次說話，而且是她主動找我說話。

那天，棒球隊的訓練暫停一次，我走去車站時，聽到背後有人叫我。回頭一看，緋紹子走了過來。她一個人。我左顧右盼，因為我以為她不是叫我。

「你這個星期天有空嗎？」她直視著我問，我小鹿亂撞。她呵呵笑了起來，似乎對我的反應感到很有趣。「你不要誤會，我不是找你約會。」說完，她遞給我兩張紙，那是職棒日本大賽的門票，而且是內野指定席的座位。

「有多餘的門票，如果你喜歡就送給你。」

「要送我嗎？」
緋紹子微微揚起下巴，代替點頭。
「是啊，別人送給我爸爸，沒有人去看，正在傷腦筋呢。」
「為什麼送給我？」
「沒為什麼，因為剛好看到你走在我前面，而且，既然要送，就送給喜歡棒球的人啊。」
「喔……」我不知道該說什麼，比起送我首場賽的門票，她主動找我說話更令我興奮。
「如果你不想去就丟掉吧。」緋紹子一副終於完成了一件麻煩事的表情說完，沒有向我道別，就快步離去了。
我邀川合一正一起去看日本大賽，他一直問我怎麼弄到門票的，我沒有告訴他實情。
之後，我看到緋紹子一個人在樓梯口的時候叫住了她，然後鼓起勇氣對她說：
「我想向妳道謝。」
「不用了啦。」
「但這樣我會過意不去，不知道妳想要什麼……」
「我什麼也不想要，」她不假思索地說：「因為我什麼都有。」
「啊，對……」她說得沒錯。我吞著口水，一副豁出去的態度說：「那要不要和我一起去看電影？」
緋紹子露出納悶的表情打量著我的臉問：「你找我約會？」

「不，不是妳想的那樣。」我的臉快要噴火了。
「是喔，我想想，」她的手摸著漂亮的下巴，「這個主意好像不錯，但電影太無聊了，要不要去聽音樂劇？」
「音樂劇？」
「下個星期天剛好有音樂劇表演，我會去張羅門票，你沒問題吧？」
「沒問題啊。」
「那詳細情況改天再說。」說完，她沿著樓梯上樓了。
我搞不清楚狀況，木然地站在原地。終於要和心儀的緋紹子約會了，但當下完全沒有真實感，過了好一會兒，激動的心情才漸漸湧上心頭，我費了很大的工夫才忍住笑。我當然沒有只顧著笑，星期六立刻去買了新衣服。
當天，我比第一次參加公式賽時更緊張，好像機器人一樣坐在觀眾席上，完全無心欣賞音樂劇，注意力完全集中在緋紹子的一舉一動上，陶醉在從她身上飄來的香味中。但是，走出劇場後，我們沒有去咖啡店坐一下，在電車上聊了幾句就各自回家了。雖說算是約會，但也太沒情調了，我忍不住對期待落空感到有點失望。
但是，我的確和緋紹子之間有了交集，每次遇到時都會聊幾句，而且我覺得她也很喜歡和我聊天。幸好我們搭同一班電車，為了增加兩個人見面的可能性，我調整了出門的時間，希望可以在上學時，和她搭同一班電車。
十二月的某一天，我們像平時一樣在擁擠的電車中聊天，緋紹子邀請我參加耶誕派對。

「我和中學時的同學討論後，決定要舉辦耶誕派對，怎麼樣？你要不要來參加？」

「我想想，」我不太喜歡參加派對，但不能拒絕緋紹子的邀請，「我可以去。」

「是嗎？那就一言為定，我會寄邀請函給你。」

「要準備禮物嗎？」

「不需要準備這種東西。」緋紹子冷冷地說。

耶誕夜，我按照她寄來的邀請函所印的地址尋找會場，繞了半天，終於找到了離鬧區有一點距離的一棟大樓的地下室。那裡有一道看起來像是防火門的大門，看起來不像是舉行派對的地點，但看到門上用不大的字寫著店名，我才知道自己並沒有找錯地方。

推開門，一走進去，立刻發現昏暗的空間內站了一個人，他問我：「有沒有門票？」

我遞上邀請函，旁邊傳來音樂聲和嘈雜的人聲。

男人確認了邀請函後，不耐煩地說：「一萬圓。」

「一萬？」我反問：「要繳錢？」

即使在昏暗中，也可以看到那個男人連牙齦都露了出來。「當然啊，你腦袋破洞了嗎？」

這句話讓我火冒三丈，但我不能在這裡和別人打架，只能克制住怒氣，思考著該不該付錢。我身上並不是沒有一萬圓。

「沒錢就滾吧，反正男生太多了。」

男人說話時，原本以為是牆壁的部分縱向打開了，白色的光照了進來。原來那裡是黑色的簾幕，一個女人從簾幕的縫隙探出頭。我不認識這個畫了濃妝的女人。

「你們在吵什麼？」

「他沒錢，我正要趕他走。」

「是喔。」女人從男人手上接過邀請函，看了我的名字後，表情和前一刻不太一樣。「喔，原來你就是西原。」

「妳認識他？」

「緋紹子招待的選手，他不必繳會費。」

「是喔。」男人打量著我，好像在用眼神掂我的分量，但立刻失去了興趣，把頭轉到一旁。

走進簾幕，那裡已經有數十個年輕男女，有人坐在桌子旁，也有人在中央的空間跳舞，後方有一個舞台，一個陌生的樂團正在演奏。

我左顧右盼，尋找緋紹子的身影，她坐在角落的桌子旁，被幾個朋友包圍著。當我注視著那個方向時，她瞥了我一眼，但視線並沒有停在我身上。

「我叫香織，很高興認識你。」帶我進去的女人說。她穿著相當合身的超迷你洋裝。

「真的不用付會費嗎？」我問。

香織用力聳著肩，「沒關係，我們也沒有付錢啊。」

「那一萬圓是怎麼回事？」

「來參加的普通男生要付，這是理所當然的啊，因為他們是來看女生的。」
「用這筆錢支付派對的費用嗎？」
我問。香織嬌小的身體向後一仰。
「開什麼玩笑？這點錢怎麼夠支付派對的費用？全都是緋絽子出的。」
「水村嗎？其他的都是她出嗎？」
「對啊，反正她很有錢。」
香織若無其事地說，我說不出話了。
不一會兒，一個瘦男人走了過來，把香織帶走了，我在盤子裡裝了菜，拿著盤子去了飲料吧檯。非酒精類的飲料只有果汁和烏龍茶，我只好拿了烏龍茶，坐在旁邊那張桌子上。
我吃著不怎麼美味的料理，觀察著周圍的人。這裡只有十幾個女人，但沒有一個我認識的，每個人都畫著可怕的濃妝。男人的人數是女人的兩倍，大部分都是大學生。無論男男女女，都像喝水一樣把酒倒進喉嚨，有人已經喝醉了。
桌子上放著裝了卡片的盒子，我抽出一張，發現上面印著「聯絡卡」幾個字，上面有填寫電話號碼和姓名住址的空欄。
「把自己的聯絡方式寫在上面就好。」頭頂上響起說話聲，抬頭一看，穿了一身素雅黑色洋裝的緋絽子在我對面的座位坐了下來，她看起來比平時更成熟。
「為什麼要這麼做？」我問。

「寫完之後，交給自己喜歡的女生啊。其實我不想這麼做，但拗不過香織她們，就覺得算了。她們在比賽每個人可以收到幾張卡片。」她說話時很慵懶，好像有點發燒的感覺。我不知道該如何回答，只好不置可否地「喔」了一聲。

「也許是我多心，」她說：「我覺得你好像玩得不是很開心。」

「是啊，」我回答說：「我沒有想到是這樣的場合。」

「你以為是家庭派對嗎？」

她說得完全正確，但如果誠實回答，可能會被她取笑。

「所有的人妳都認識嗎？」我巡視周圍後，問了另一個問題。

「女生都認識，但男生幾乎都不認識，我只邀了兩、三個人，結果一下子就變這麼多人了。」

「聽說妳包下所有費用？」

「沒什麼啦。」緋紹子一副真的感覺沒什麼的態度。

「為什麼要辦這種派對？」

「不知道。」她偏著頭，一頭長髮從肩膀滑到胸前，「沒什麼特別的原因，大家都很開心，這樣不是很好嗎？」

這時，有一個像是假人模特兒的瘦男人從她背後走了過來。

「要不要跳舞？」男人無視我的存在問緋紹子，他的聲音帶著鼻音。

緋紹子看著我，左手不耐煩地在耳邊揮了兩下。男人可能作夢都沒想到自己會遭到拒絕，露出極其意外的表情，瞥了我一眼走開了。
我喝完烏龍茶後站了起來，「我要回家了。」
緋絽子並沒有挽留我，對我說：「那我送你到門口。」
我有點意外她會這麼說。
走到店外時，緋絽子遞給我一個紙袋：「這個你帶回去吧。」打開一看，裡面有一個綁著紅色緞帶的細長型盒子。
「耶誕節禮物。」她說。
「送給我嗎？」在道謝之前，我突然想到一個問題，「所有人都有嗎？」
緋絽子的眼神閃爍了一下，「你這麼認為嗎？」
「不……」我抱著紙袋站在那裡。
「再見，學校見。」她說完之後，轉身再度走回店裡。
回家之後，我打開了紙盒，裡面是一條圍巾，還有一張卡片，上面寫著「致我的同學 耶誕快樂」。
我把圍巾繞在脖子上，站在鏡子前，圍巾比外表看起來的感覺更溫暖了我的身體。
那天之後，我和緋絽子有了更深入的交往，漸漸發展為可以用戀人來形容的關係，但這也是一個巨大陷阱的入口。
我們的關係維持了三個月，在某一天之後，突然消失了。

7

隔天早晨，我出門準備上課，不經意地看向自己的腳踏車時，才發現溝口告訴我的話中有不對勁的地方。

之前春美曾經告訴我，刑警檢查了我的腳踏車。當時我以為御崎藤江的死亡時間是在電車已經沒有末班車的半夜。

但是，溝口昨天說，目前推測死亡時間是八點到十點，這到底是怎麼回事？為什麼他們要調查我的腳踏車？

還有另一件事令我不解，那就是警察對灰藤的行動。溝口說，灰藤有不在場證明，所以斷定他不是兇手，但他們拿著灰藤的照片在宮前由希子的車禍現場附近打聽，也調查了他在水村緋紹子差點遇害時的不在場證明，該如何說明這個矛盾？

到學校後，在上課之前，我把內心的疑問告訴了川合和薰，他們兩個人都陷入了沉思。

「沒想到灰藤有不在場證明。」川合感到失望。

「但警方仍然在懷疑灰藤，也就是說，他的不在場證明並不完美。」薰雖然這麼說，只是臉上的神情並沒有太大的自信。

「這我就不清楚了，但聽刑警的語氣，似乎並不是這樣？」

「那個刑警還說了什麼？」川合問我。

「不，並沒有說什麼重要的事。」

「是嗎？」川合露出一臉無趣的表情。

我對他們有點愧疚，因為我無法說出刑警已經識破了我和水村緋紹子的事，一旦說出來，深信我愛著宮前由希子的他們一定會怒不可遏。

我們聊得很不熱烈，上課鈴聲響了，我們立刻散會。

那天的第三節課是古文課。自從御崎藤江遇害後，就由一個看起來像銀行員的年輕老師代課。我一直記不住這個老師的名字，不知道姓塚本（tsukamoto）還是勝本（katsumoto）。

年輕的古文老師講解著《源氏物語》，有一大半我都聽不懂。我稍微反省了一下，最近真的完全沒有用功讀書，搞不好明年考大學真的很危險。

升上三年級之後，古文越來越難了。二年級第三學期時，我們學的是《方丈記》，那時候還很簡單，升上三年級後，文法很難理解，結果就越來越不懂——

《方丈記》？

我的腦海中閃過一個想法。

下一剎那，這個想法變成了明確的疑問。

我想起川合去參加御崎的守靈夜後說的話。那天我們去ＫＴＶ時，川合提起這件事，還告訴我們，御崎藤江家中的書桌上放著文字處理機，打開之後，出現了她寫到一半的考試題目，內容是《方丈記》。

太奇怪了。我們在二年級的第三學期就已經學完了《方丈記》，她為什麼現在還在出考題？是為學力考試出題？不，學力考試都是用參考書業者出的考卷。

她為什麼要出根本沒必要的考題？

不，等一下。

並不一定是她正在寫的考題，搞不好只是把二年級第三學期時用過的考試存在文字處理機中而已。

為了什麼目的？

一個念頭突然浮現在我的腦海，我的心臟劇烈跳動起來。

這個想法太離奇，仔細思考後，發現充滿了矛盾。

不可能。我這麼告訴自己，努力甩開這個荒唐的想法。

午休時，我沿著走廊走去食堂，有人拍我的後背。回頭一看，田徑隊的齋藤一臉爽朗的笑容看著我。

「你不想見上次提到的那個人嗎？」齋藤問我。

「呃，哪個人？」

「你不是想見刑警去田徑隊的活動室時，帶他們參觀的二年級生嗎？」

「喔，」我想起來了，點了點頭，「好像是名叫小田的學弟。」

「今天午休時間，他會在社團活動室。」

「那我吃完飯就去。」

「好，等你喔。」齋藤揮了揮手，獨自跑向食堂。

在食堂吃著難吃的定食，像往常一樣和川合、薰聊天，但我只是一味聽他們兩個人說話而已。中途薰問我：「你怎麼了？好像沒什麼精神。」

「不是沒精神，」我說：「只是我想到一件事，然後一直在想這個問題。」

「你想到什麼？」正在吃咖哩飯的川合抬起頭。

我把從《方丈記》想到的事告訴他們，兩個人都露出難以置信的表情。

「不可能吧，果真是這樣的話，有太多事情解釋不通了。」

「我也這麼認為。」

「還有其他根據嗎？」薰問。

「不，沒有，這只是我的直覺而已。」

「應該是你想太多了，」川合皺著眉頭說完後，突然笑了起來，「如果真的像西原說的那樣，那可真的是傑作，我們到底在忙什麼？」

「是啊。」薰也笑了起來。

我雖然也和他們一起笑，但心裡並不覺得好笑。

走出食堂後，我和他們道別，去了運動社俱樂部。走進田徑隊的活動室，看到齋藤和另一個戴眼鏡的小個子隊員在那裡。他就是小田。齋藤向我介紹了學弟。小田正在保養釘鞋，向我鞠了一躬。

「刑警為什麼提出要參觀活動室？」我在椅子上坐下時問。

小田搖搖頭：「我也搞不懂，他們只說要看一下。」

「他們看了哪些地方？」
「看了很多地方，但不像有什麼目的。」
「刑警沒有和你聊天嗎？」
「稍微聊了幾句。」
「聊了什麼？」
「沒什麼重要的事，問我御崎老師最近有沒有來這裡。」
「她有來嗎？」
「我不知道，我也對刑警說，我不太清楚。」
我看向齋藤問：「御崎會來這裡嗎？」
「偶爾啦。」齋藤搖晃著蹺起的二郎腿回答：「畢竟她是防火負責人，也有備用鑰匙，隨時都可以進來。」
我點了點頭，再度轉頭看著小田，「還問了你哪些事？」
「問了哪些事呢？」小田把眼鏡拿下來，用指尖按著眼角。這樣對恢復記憶有幫助嗎？
這時，齋藤說：「之前聽你說，好像打開了哪一個櫃子。」
「啊，沒錯，我想起來了，」小田用右拳打在左掌上，「他們問我有沒有那個？」
「哪個？」
「膠帶，就是醫療用的膠帶。」

「啊……」我忍不住發出聲音，「結果呢？」

「我說有啊。」

「有？」我從椅子上跳了起來，「在哪裡？」

「那裡。」小田被我的氣勢嚇到了，指著身後的櫃子。

我踢開周圍的用品，走到木櫃子前，用力打開抽屜，發現有一個熟悉的四方形盒子和護膝、ＯＫ繃之類的放在一起。我拿了起來。

「什麼時候開始有的？」我問田徑隊的這兩個人。

「很久之前，從保健室偷回來的。」齋藤回答：「雖然照理說，不能自己包膠帶，但每次去保健室很麻煩，有時候只是要繞幾圈膠帶時，通常會自己纏一下。」

我無法克制自己的身體漸漸無力。怎麼會這樣？我怎麼會這麼大意？

我手上的盒子和古谷老師幫我纏的膠帶一模一樣。

8

放學後，我在社團活動室換好衣服，拿著手套和棒球走出去時，看到溝口慢慢走在校園內。他像之前一樣，走向校舍的後方，我也跟了上去。

他像之前一樣，抬頭看著校舍，似乎在思考什麼事。

「看來有某些問題讓你很在意。」我向他打招呼，原以為他會嚇一跳，沒想到他用遲鈍的動作轉頭看我。
「這是我第一次看到你穿制服，」他慢條斯理地說，「你穿制服很好看。」
「謝謝，」我走了過去，「你似乎對這個地方很執著。」
我以為他又要裝糊塗，沒想到他今天的態度不太一樣。
「我看起來很執著？」他問。
「是啊。」
「喔。」他把雙手插進長褲的口袋，踢了兩、三次地面。「沒錯，你說得對，我對這個地方很執著。」
「為什麼？」
「因為這裡隱藏了關鍵，破案的關鍵。」
「會不會是……」我指著之前在牆壁上發現的破損處問：「和那裡缺了一塊有關係？」
溝口微微張開嘴，接著苦笑起來，「你真是令人刮目相看，居然發現了。」
「那個破損有問題嗎？」
「是啊，」刑警把雙手放在口袋裡靠著牆壁，「那個破損讓我瞭解到某些事，只是目前缺乏證明的方法。」
「破損讓你瞭解到什麼事？」問了之後，我笑了笑看著他，「算了，你不可能告訴我。」

「你終於對我不抱希望了。」

「而且，我還有其他問題想請教你。」我把球一次又一次丟進手套中。

「喔？什麼問題？」

「御崎遭到殺害時，你們立刻去檢查了田徑隊的活動室，請問是為什麼？我先聲明，我可不接受因為御崎是田徑隊顧問老師這種回答。」

「是喔，」溝口摸了摸下巴，「原來你也去田徑隊瞭解了情況，你還真勤快，我都有點自嘆不如了。」

「我對自己的雙腳很有自信。」

「原來如此，」刑警看著別處很久之後，終於開了口，「因為口袋裡有鑰匙。」

「什麼？」

「御崎老師死的時候，她套裝的口袋裡有田徑隊活動室的鑰匙，所以我們去調查了活動室。你不覺得很奇怪嗎？她當時穿的套裝是回家之後換過的衣服，即使是顧問老師，也不可能把社團活動室的鑰匙放在平時穿的衣服口袋裡。」

「原來是這樣……」如果是不久之前，我可能會感到納悶，但現在對於御崎身上有活動室鑰匙這件事完全沒有絲毫的疑問，反而更證實了我的推理。

「你要問的只有這個問題？」刑警問。

「對，只有這個問題，但接下來要說的，才是重要的內容。」說完，我把球投給刑警，他沒有接到，球掉在他的腳下。我冷笑一聲說：「你真遲鈍。」

「不要欺負長輩。重要的內容是什麼？」
「我在田徑隊的活動室發現了醫療膠帶，和我之前手上的一模一樣。」
「是喔，所以呢？」刑警怔怔地看著斜下方問。
「我之前一直以為兇手是在藥局或是其他地方買了膠帶，但事實並非如此，而是從田徑隊的活動室拿出來的——」
溝口的態度很奇怪，似乎並沒有在聽我說話。
「怎麼了？」我在問話時，順著他的視線望去，剛才掉落的球正慢慢滾向水池。
「喔，慘了。」在球即將掉進水池的千鈞一髮之際，我撿了起來，但是，當我回過頭時，不由得大吃一驚。因為溝口的表情完全變了，他快步走了過來，一臉嚴肅地看著水池。
「掃帚。」他說。
「啊？」
「去拿掃帚過來，如果沒有，球棒也可以。趕快拿來。」
他不由分說地命令道，我忍不住跑了起來。
我從附近的教室拿了掃帚跑回來，交給溝口。他把掃帚伸進水池，在池底摸索著。掃帚有一半浸入水池中。
「嗯？」溝口做出好像盲眼俠客座頭市招牌姿勢的動作在池底撈了一會兒，露出有所斬獲的表情，然後對我說：「刑警在第二會議室，你去叫他們過來。」

為什麼要我去？雖然我這麼想，但還是再度跑了起來。有事即將發生的預感讓我情緒激動。

我帶來的刑警和溝口討論了一下子，不一會兒，那個刑警跑開了，兩、三分鐘後又跑了回來，手上拿著兩把傘。

兩名刑警倒拿著闔起的雨傘，蹲在水池邊緣，把傘柄緩緩放入水中。

這時，周圍聚集了圍觀的人群。正在參加社團活動的學生發現了刑警的奇妙舉動，紛紛聚集過來。

「發生什麼事了？」有人在我耳邊說話。是川合一正。

「不知道，」我回答說：「我正在和他說話，他突然就開始撈東西。」

「水池裡有什麼東西嗎？」

「好像是。」

有一個人從圍觀的人群中衝了出來。

「住手，你們在幹什麼？趕快住手。」跌跌撞撞地跑向溝口他們的不是別人，正是灰藤。灰藤抓住溝口的手臂，「快住手，趕快住手。」

「為什麼？」刑警用鎮定的語氣問：「好像有什麼東西沉在水底，我們只是把它撈上來，為什麼不行？」

「不行不行，這可不行……」即使站在遠處，也可以發現灰藤的臉脹得通紅，太陽穴爆著青筋。

「那個老頭在幹什麼啊。」川合立刻衝了出去，反手架住了灰藤，把他從刑警身邊拉開。

「喂，放開我，住手。拜託你們，真的拜託了，不要多管閒事。」

灰藤甩著一頭白髮，脖子上也爆出了青筋，哇哇大叫起來。聽到他的聲音，更多人聚集過來。大家都難以想像這個男人竟然會露出這種醜態，個個啞然失色。

溝口和另一名刑警對灰藤的叫喊充耳不聞，一臉冷靜地繼續作業。不一會兒，溝口說：「好，我這邊已經勾到了。」接著，另一名刑警也回答說：「我這裡也ＯＫ了。」

「好，那就慢慢撈起來。」

兩名刑警小心翼翼地把傘拿了起來。那個東西似乎很重，兩個人全身都在用力，灰藤哭了起來，不一會兒，他的嘴裡發出了慘叫聲。

刑警拉起的雨傘前端似乎勾到了什麼東西。我跑了過去。

那樣東西沾滿了堆積在混濁水池底的泥巴，乍看之下，不知道是什麼東西，但是，當它完全露出水面時，可以從形狀判斷是什麼東西。

兩名刑警把它緩緩放在地上，隨著噗吱一聲，濺出很多泥水。

那是啞鈴。我想起田徑隊的齋藤說，遺失了一個啞鈴的事。為什麼會在這裡？

溝口他們戴上了白色手套，仔細觀察著啞鈴。因為沾滿了泥巴，所以看不清楚，但握桿的部分似乎纏著什麼繩子之類的東西。

溝口走向姿勢好像神社的石獅般的灰藤。

「灰藤先生，」溝口說：「可不可以請你說明一下？」

「不知道，我不知道，我、我……」灰藤的身體不停地顫抖，脹紅的臉變得鐵青，最後變成了白色。「我什麼都……什麼都……」說到這裡，他翻著白眼，然後就像操縱傀儡的繩子斷了一樣，整個人都癱在地上。

「啊，他怎麼了？」川合搖晃著灰藤的身體。

「不要動他。」溝口尖聲叫道：「輕輕讓他躺在地上。」然後巡視周圍說：「趕快叫救護車。」

有幾個人跑了起來。

這時，其他老師也紛紛趕到，學務主任也在其中。

「讓一讓，趕快讓開。」學務主任在好像跳舞般撥開人群走了過來，來到我們面前。「怎麼了？到底發生什麼事了？」他臉色大變地問，看到躺在地上的灰藤，表情都僵住了。「啊，灰藤老師。」

「他好像腦溢血了。」溝口用平靜的語氣對學務主任說：「灰藤老師有高血壓嗎？」

「呃，以前好像沒聽說……」學務主任偏著頭納悶。

灰藤鼾聲如雷地躺在地上，看他的表情，感覺好像睡得很舒服。

「好，」溝口轉頭看著我說：「你剛才說到一半，在救護車來之前，你繼續說完。呃，你剛才說的是？」

「有關御崎的死亡真相。」我說：「我想說，會不會是自殺？」

「原來是這件事，」刑警淡淡地笑了笑，但隨即露出嚴肅的表情說：「那就不必說了，我已經知道了，那個可以證明一切。」他指著從水池裡撈上來的啞鈴說。

第四章

1

翌日早晨，一大早就有大批警官來到學校。他們在御崎藤江遇害的三年三班教室進行實驗，我很想知道他們在做什麼實驗，更想知道實驗的結果，所以在上課時都坐立難安。

昨天晚上我也因為太興奮而難以入睡。各式各樣的想法在腦海中打轉，這些想法很不安分，不停地踢著我的心臟，所以今天有點頭昏腦脹，一直想睡覺。

溝口昨天並沒有告訴我詳細的情況，就和之後趕到的警官在水池邊展開調查。水池周圍拉起了封鎖線，我根本無法靠近。灰藤被救護車送去了醫院。

聽到騷動後趕來的棒球隊員向我和川合打聽情況，但我不知道怎麼回答。雖然我內心有自己的推理，但我覺得不該隨便亂發言，還是再觀察後續發展比較妥當。

那個啞鈴到底是怎麼一回事？為什麼會沉入水池中？溝口又為什麼會注意到這件事？

我滿腦子思考著這些事，在第三節數學課時，教室的門突然打開，班導師石部探頭進來。全班同學都同時看著他。

「那個……西原在嗎？」

當然在啊。我站了起來。「有！」
「你過來一下。」石部向我招手。
我在全班的注視下走出教室，石部關上教室門說：「刑警找你，在三班的教室等你。」
「在教室？」
「嗯，好像有什麼事要告訴你。」
「警方今天早上也在調查，已經結束了嗎？」
「好像是，但我什麼都沒聽說。」石部說話時不再像以前那麼嚴肅了，即使他沒有聽說詳情，也許已經知道案情有眉目了。
來到教室後，看到溝口正坐在桌子上等我。
「不好意思，上課時把你叫出來，」刑警露齒而笑，「因為我想趁大家跑來圍觀之前和你聊一聊。」
「你們大掃除過了嗎？」我打量著教室後問道，窗邊的桌子都搬離了原來的位置。置物櫃原本放在教室後方，如今有一個放在桌子上，地上放著啞鈴，但當然並不是昨天從水池中撈起來的那個。
「剛才在向上司說明魔術是怎麼變的。」刑警說。
「魔術？」
「在說明之前，我先問你一件事。你識破御崎老師的死是自殺，是基於怎樣的理由這麼認為的？」

「這件事嗎？」我坐在一旁的課桌上，「起初是因為《方丈記》。」
「《方丈記》？逝川流水——的那個嗎？」
「好厲害，竟然還記得。」我不由得感到佩服。
「我也曾經有過學生時代，所以，《方丈記》怎麼了？」
我告訴他，御崎家裡的文字處理機上有寫到一半的《方丈記》考題太奇怪了。
「所以我就在想，那也許是御崎設下的圈套。」
「喔，圈套。」
「也就是說，她故意把文字處理機放在桌上，輸入寫到一半的檔案，讓別人以為她在工作。因為她猜想警方不可能會發現出題範圍的矛盾。」
「我們的確沒有想到這一點。」溝口很乾脆地承認，「然後呢？」
「御崎為什麼會這麼做，理由只有一個，那就是她不希望別人知道她是自殺，但這就出現了很多疑問。首先，自己勒死自己的自殺方式是否可行，另外，兇器從膠帶換成了藍色髮帶。不用說，當事人死了，當然不可能在事後做這些加工。只不過當我在田徑隊的活動室發現膠帶時，就覺得應該是自殺。因為御崎可以輕而易舉拿到膠帶。」
「所以你昨天想要向我確認？」
「沒錯。」我點了點頭。
「嗯，」刑警抱著雙臂，「但是，你想到的幾個疑點無法消除。」
「沒錯，但警方已經解決了嗎？」

「是啊，」溝口站了起來，走到敞開的窗邊，「我就一一向你說明。首先，我們起初認定是他殺，如果看到那個現場，有人可以一眼就看出是自殺，我很想見識一下那個人的尊容。」

「沒錯。」我也露出笑容。

「我們當然以為御崎老師和兇手約在這裡見面，當我們思考兇手到底是誰時，她的服裝成為很大的參考。」

「服裝？」

「御崎老師身上的服裝和她平時在學校穿的完全不一樣，相關人士都證實，比她平時穿的衣服更花稍。」

「對……」我從一開始就很在意這件事。

「她還特地畫了妝，其他女老師也證實，她平時並不化妝，通常連口紅都不擦。御崎老師家裡沒什麼化妝品，也佐證了這些證詞。」

川合之前告訴過我這件事。

「於是我們就認為，和御崎老師見面的人，或是她打算見的人是男性，而且和御崎老師有親密的關係，這一點幾乎很確定。」

我也這麼認為，所以沒有吭氣。

「我們根據這個條件調查了老師的人際關係，只有一個人浮上檯面，你應該知道那個人是誰吧？」

「灰藤。」

「沒錯，我們立刻注意到灰藤老師。」

「御崎是灰藤的學生，大家都知道她很尊敬灰藤。」

刑警聽了我的話，意味深長地笑了笑，「我們刑警在聽說一男一女關係親密時，會無視尊敬或是信賴之類的說法，只考慮這兩個人之間有男女關係，用這種想法去偵辦成功機率很高。當然，這只是經驗法則，也會有例外。」

「這麼說，殺人動機也是感情糾紛嗎？」

「這樣說也未免太直接了，」刑警抓了抓頭，「不過，雖不中，亦不遠矣。於是，我們調查了灰藤老師的情況，完全找不到他殺害御崎老師的動機，還有一個無法突破的障礙。」

「不在場證明嗎？」

「沒錯。我之前也曾經告訴你，目前推測死亡時間是在晚上八點到十點，灰藤老師在這段時間有明確的不在場證明。死亡時間是根據胃內食物的消化狀態推算出來的，不可能有大幅的誤差。因此，我們不得不排除灰藤老師的嫌疑，所以案情等於又回到了原點。」

「所以就開始懷疑我嗎？」

「懷疑你？怎麼可能？」溝口瞪大眼睛，向左右攤開雙手，「你的確有動機，但其實我們從來沒有懷疑過你。」

我縮起下巴，斜眼看著眼前的刑警。「真的嗎？我不相信。」

「我沒騙你，你想一想，如果御崎老師和你見面，為什麼要把自己打扮得漂漂亮亮？我們注意你只有一個原因，就是你的手腕上纏著膠帶。屍體脖子上有上體育課時用的髮帶，但並不是實際使用的兇器，這件事對我們來說，是很大的謎團。」

「看到我的手腕，知道兇器是膠帶嗎？」

「剛看到時半信半疑，但之後調查後，發現和勒痕完全一致，但並沒有因為這樣就懷疑你。因為當我們問及膠帶時，你面不改色，而且，如果你臨時起意想要殺害御崎老師，不可能特地拆開手腕上的膠帶，而是直接用手掐死她。總之，我們從頭到尾沒有懷疑你。」

「我可完全不這麼覺得。」我語帶挖苦地說。

「刑警當然不能讓別人察覺在想什麼，於是我們認為，兇手是為了嫁禍於你，才使用和你手上相同的膠帶作為兇器，那兇手是從哪裡拿到膠帶？為了調查這件事，派了幾名偵查員去附近的藥局打聽，但都是白費工夫，正如你後來查到的那樣，我們在御崎老師擔任顧問的田徑隊活動室中找到了膠帶。」

「這就是人家說的，近在眼前反而看不清嗎？」

「御崎老師口袋裡的活動室鑰匙上只有她的指紋，況且，外人很難知道田徑隊有膠帶這種事。因為，我們認為是老師自己把膠帶從活動室帶出來，但老師為什麼要這麼做？」

「我也一樣，所以才覺得是自殺。」

「當時，的確有人提出這樣的意見，但在這個階段還無法確定。」

「但是，除此以外，御崎沒有任何理由要準備膠帶啊。」

「不，有兩種可能性。首先，御崎老師可能準備作為殺害對方的兇器，結果被對方搶走，反遭勒斃。」

「啊……」原來如此。也有這個可能性。

「如果是這種情況，御崎老師挑選這種兇器的目的，當然也是想嫁禍給你。」

「真是夠了。」我說。

「還有另一種可能，御崎老師欺騙兇手，讓兇手帶膠帶前往現場。」

「對喔。」不愧是警察，想到了各種可能性。我不由得感到佩服，但又覺得這是他們的分內事。

「但是，屍體的狀況排除了他殺的可能性。」

「什麼意思？」

「我們在驗屍時發現一件事，如果是用勒死的方式殺人，有一個奇妙的問題，那就是脖子上有瘀血，感覺像是長時間處於勒緊的狀態。脖子上清楚地留下了勒痕，讓我們可以瞭解兇器的寬度。於是，我們檢討了有哪些殺害方法會導致這種狀態。首先就是在勒住脖子的狀態下，把膠帶固定在某處，但這不符合鑑識結果，至少屍體的脖子持續被超過十公斤的力量勒住，於是就想到了在繩子前端綁重物的方法。首先把繩子一端固定在某處，再用繩子繞在御崎老師的脖子上後，把另一端綁上重物，比方說，把重物丟到窗外。重物的重量會導致脖子被勒緊，進而死亡，但之後勒緊的力道並沒有減輕，就會造成像這次案子中的屍體狀態。」

「光是想像一下，就覺得脖子好像被勒住了。」我摸著自己的脖子。

「既然提出了這個假設，就必須用證據加以證明。果真採用這種方式的話，一定會在某些地方留下痕跡。最先思考的是把繩子的一端綁在哪裡。因為繩子會承受很大的力量，綁在課桌腳上絕對不行，課桌會移動。最好是固定在建築物上的凸起物。」

「固定在建築物上的……凸起物。」我巡視著教室，立刻拍了一下大腿。「我知道了，是瓦斯閥。」

「答對了。」溝口在黑板旁蹲了下來，打開牆上的金屬蓋，把瓦斯閥拉了出來。「之前請鑑識人員仔細調查過瓦斯閥的表面，發現上面附著了些許和醫療膠帶上所使用的相同黏劑。」

「所以瓦斯閥才會被拉出來，」說完，我咂了一下嘴，「所以，和瓦斯本身並沒有關係嘛。」

「所以腦筋要靈活啊。」溝口刑警用食指敲了敲自己的太陽穴，「好了，現在知道固定繩子的地方了，那另一端是怎麼回事呢？如果綁上重物丟出窗外，是不是會留下痕跡？」

「牆上的破損。」我說。

「太棒了。」刑警打了一個響指，「在繩子前端綁重物時，重物會像鐘擺一樣撞到牆壁，牆上的破損應該就是這樣來的。」

「這樣就有了佐證的證據。」

「接下來，還要找到綁在繩子前端的重物，到了這個階段，幾乎可以確定是這種殺害方法了。只不過我們也同時感到不解，兇手為什麼要用這麼麻煩的方法殺人，真的是完全搞不懂。於是就想到，比起他殺，這個方法似乎更適合用來自殺。」

「沒錯。」

「這時，自殺說才終於浮上檯面，御崎老師也有自殺的動機。」

「動機……是喔。」

「她不是有動機嗎？她因為造成了宮前由希子同學車禍身亡，遭到你和其他人的攻擊，當事人很可能也為此感到痛苦，這是很充分的自殺動機。」

「我不認為她受到良心的譴責。」我說。

「楢崎薰同學也這麼說。」

「我聽薰說，御崎對我們的抗議活動不以為然，她說，雖然現在有學生鬧不停，但很快可以撕下我的假面具，到時候，那些在胡鬧的學生也會收斂。」

「你知道得真清楚，沒錯，就是這樣，但這也可以解釋為她在逞強。人越是逞強的時候，內心往往越痛苦。」刑警一副熟諳他人心理的表情，「不過，還有幾個很大的疑問。最大的疑問，就是如你所說，為什麼原本的兇器消失，毫無關係的髮帶會繞在御崎老師的脖子上？」

「沒錯沒錯，」我點著頭，「我也想知道這件事。」

「不好意思，可能說出來會讓你失望。我們想了很久，最後認為是很簡單的原因，有人發現御崎老師自殺後，在現場動了手腳。」
「有共犯嗎？」
「這種說法並不恰當，應該說是有人協助。我們之所以這麼想，是有原因的。因為那天半夜十二點過後，附近的鄰居看到有人從體育館後方的破洞鑽進學校。」
「這麼晚？」
「對，所以，在還沒有確定死亡時間，而且認為是他殺時，我們認為那個人影就是兇手。」
原來是這樣，所以他們調查了我的腳踏車，當時他們認為是在半夜三更行兇。
「所以，在確定死亡時間後，反而把我們搞混了。雖然目擊者說看到有人進入學校，但有人認為，會不會目擊者看錯了，其實是有人離開學校？」
「真是辛苦了。」
「但如果是自殺，就可以解釋這個人影的問題，正是這個人把御崎老師的自殺偽裝成他殺。當然，從常識的角度思考，我們並不認為這個人知道御崎老師打算自殺，我們推測應該是御崎老師把那個人叫到現場。當這個人趕到現場時，發現了御崎老師自殺後的屍體，屍體旁留下一封信……」
「信？遺書嗎？」
「應該說是指示書之類的，上面寫了將現場布置成看起來像他殺的指示。我們認為現場應該有類似的信。」

「真的有嗎？」
「不，事實上並沒有。」
「什麼？」
「先不管這件事，等一下再說。但是，你為什麼認為御崎老師希望自己的死看起來像他殺呢？」刑警抱著雙臂，目不轉睛地看著我。
「為什麼？因為，」我皺著眉頭思考起來，我只想到一個理由，「因為她不想別人知道她是自殺。」
刑警笑了起來，「原來如此，聽說她的自尊心很強，所以很有可能，但我們認為這是復仇。」
「復仇？向誰復仇？」
「當然是你啊，」溝口一派輕鬆地說：「她因為你感到痛苦，所以當然要報復。所以，為了暗示你是兇手，才會使用醫療膠帶作為兇器。」
「原來是這樣……」內心湧起一股近似嘔吐的厭惡感，「但根本是她的錯啊。」
「嗯，你應該會這麼認為，」刑警緩緩點了點頭，「但也許御崎老師也有她的想法，因為我們得知了一個有趣的證詞。御崎老師曾經告訴某位友人，當初監視宮前由希子的並不是只有她而已。」
我倒吸了一口氣，凝視著刑警的嘴。
刑警繼續說：「所以，車禍發生時，還有其他人在場嗎？我們不經意地確認了負責學生指導的各位老師的行程，發現那天只有灰藤老師可能和御崎老師一起行動。」

「所以，你們才會拿著灰藤的照片去車禍現場打聽。」

「就是這樣，如果有證人說看過到灰藤老師，我們打算去質問他，只可惜很遺憾，並沒有找到目擊證人。」

「看來他逃得很快，」我咬著嘴唇，「就像小偷一樣。」

「總之，如此一來，已經隱約看到了整起事件的輪廓，御崎老師因為導致宮前由希子同學意外身亡而痛苦不已，為了擺脫這種痛苦，她決心走上絕路。但是，她無法忍受默默自殺，想要讓那個狂妄的學生西原背負殺人嫌疑的懲罰。同時，因為灰藤老師讓她獨自背負導致宮前同學意外身亡的責任，所以指示他把自殺偽裝成他殺作為補償。」

「真是灰暗的想法。」

「雖然推理很完美，卻沒有任何物證，成為兇器的醫療膠帶也已經丟棄了，唯一可能發現的，就是應該綁在膠帶前端的重物。」

「就是啞鈴。」

「沒錯。」刑警回答：「我剛才也說了，重物超過十公斤，而且必須容易綁在繩子上。我們思考到底哪些東西適合，以及御崎老師從哪裡搬來這個重物。我們認為御崎老師在拿膠帶時，很可能在田徑隊的活動室找到了重物，再加上聽到有一個啞鈴消失了，更確信她使用了啞鈴。站在御崎老師的立場思考，沒有比啞鈴更適合的重物了。」

「是因為唾手可得嗎？」

「這也是原因之一，還有更重要的問題。首先，可以拆開後搬運。這一點非常重要。一個上了年紀的女人把十幾公斤的東西搬上三樓不是一件容易的事。」

「沒錯，」我同意他的意見，「啞鈴可以將啞鈴槓片分開搬運，搬上樓後再組合起來。」

「還有之後的問題，」溝口豎起食指，「我們找到的啞鈴總重量有十七公斤，你覺得要用什麼方法把這麼重的東西丟出窗外？你不覺得御崎老師根本沒法搬起來嗎？」

「被你這麼一說，好像的確是這樣，她到底是怎麼做的？」

「我來解釋給你聽。」溝口把手伸進旁邊的課桌下方，拿出一條十幾公尺的白色繩子，不用說，當然是把醫療膠帶對摺後，寬度縮小一半做成的繩子。刑警把其中一端綁在瓦斯閥上，把剩下的膠帶在椅背上繞了一圈。

「你把這張椅子想像成御崎老師，椅背是老師的脖子。」刑警說的話令人聽了心裡發毛。然後他把一張桌子搬到窗前，又把置物櫃橫放在桌子上，再把英語字典和參考書墊在置物櫃的前端，於是，置物櫃就朝向窗戶的方向微微傾斜。

我想起班上的伊藤說，有人動過他的置物櫃這件事。

刑警把啞鈴放在置物櫃上，看起來相當沉重。

「御崎老師當然不可能一下子把十七公斤的啞鈴拿到置物櫃上，而是把一個一個槓片搬上來，在這上面組裝起來。」

刑警把啞鈴綁在膠帶的另一端。這時，我已經知道了魔術的玄機。

刑警按著啞鈴，坐在椅子上問我：「準備好了嗎？開始囉。」

我點了點頭，刑警立刻鬆開了手。

置物櫃上的啞鈴開始慢慢旋轉，不一會兒，完全滑出置物櫃，飛向窗外。白色膠帶以驚人的速度被拉緊，當完全拉直時，溝口坐著的椅子用力移動了一下，同時，下方傳來咚的聲音。

我急忙跑到窗邊向外張望，啞鈴垂在二樓窗戶下方，從二樓的窗戶向外垂著的體操墊保護了牆壁。

「你過來一下，」刑警叫著我，「你看這裡。」

刑警指著窗戶的軌道，上面有兩個被強大力量敲擊後造成的凹陷，相距三十公分的距離。之前我來這裡察看情況時，也發現了這個凹陷。

「這是啞鈴撞到時造成的，」刑警說：「啞鈴飛出去之前，在這裡反彈了一下。」

「原來是這樣……」

我看向教室內。牆上的瓦斯閥、椅子和窗戶被繃得很緊的醫療膠帶連在一起，椅背被膠帶拉緊，單側微微翹起，變得有點傾斜的椅子好像真的被勒死了一樣。眼前的景象直接告訴我御崎藤江是怎麼死的。

「這就是自殺的方法，」刑警說：「灰藤老師深夜到達現場時，發現了這種狀態下的屍體。想到他當時承受的衝擊，老實說，我不由得感到同情。」

「我也有同感。」我說。

「灰藤老師拉起重物，收起了膠帶，把桌子和置物櫃放回原位，再把字典和書隨意放進了置物櫃，最後，把女生上體育課用的髮帶綁在屍體上。」

「為什麼這麼做？」我問：「即使不這麼做，只要兇器消失，不是就會判斷為他殺嗎？」

「這點也令我們感到納悶，但更令我們感到奇怪的是，到底把啞鈴藏去哪裡了，為什麼沒有放回田徑隊的活動室？」

「是不是有什麼不得不藏起來的原因？」

「我也這麼認為。比方說，啞鈴上留下了決定性的痕跡，於是我昨天站在校舍下方，思考在怎樣的情況下，會發生這種狀況，剛好遇到你，而且手上拿著棒球。」刑警做出手握棒球的動作。

「原來是因為看到球滾向水池，讓你有了靈感。」

「我太大意了。」刑警深有感慨地說：「我一直以為灰藤老師把啞鈴拉回教室，但是，仔細思考之後，根本沒必要這麼辛苦，只要把膠帶剪斷，讓啞鈴掉在地上，之後再去撿就解決問題了，而且這樣也比較輕鬆。」

「灰藤的確這麼做了，結果卻發生了出乎意料的事。」

「的確出乎他的意料，」刑警似乎覺得很好笑，「灰藤老師並沒有想到啞鈴會滾，也沒有想到地面向水池傾斜。結果，啞鈴一路滾進了水池。」

「重量有十七公斤，恐怕很難拉起來。」

「一個人的話恐怕很難，所以他決定讓啞鈴留在水池內。」

我指著溝口的臉問：「事實就像你推理的那樣嗎？」

「不，並不是這樣，」刑警緩緩搖著頭，「御崎老師比我們想像中更厲害。你還記得我們昨天打撈起來的啞鈴上纏著膠帶嗎？」

「對，成為兇器的一部分膠帶。」

「是啊，那些膠帶還有另一種意義。」

「另一種意義？」

「膠帶上寫了字，滿滿的字。」

「上面寫了什麼？」

「她自殺的原因。所以，膠帶既是兇器，也是遺書。」

2

溝口刑警遞給我一張紙說：「你看看這個，這是把膠帶上的字抄下來的內容，因為沒有前半部，所以只有從中途開始。」

我接過紙，發現第一句話就是「我相信您。」

「……我相信您，以您為榜樣努力至今。當初也是您教導我，必須為了教育犧牲自我，我遵守了您的這句教導，沒有結婚，努力成為一個好老師，忠實地追隨您的腳步。

因為我以為即使因此無法得到普通女人那樣的幸福，至少可以贏得您的心。無論在任何時候，我都遵從您的指示。宮前由希子逃走時，您立刻命令我去追她，千萬不能讓她跑掉。所以，我用盡全力去追她，大聲叫她不要跑。我清楚記得宮前由希子聽到我的聲音後猛然回頭，但幾乎就在同時，她衝向了馬路。我親眼目睹她撞向貨車那一幕，然後像假人模特兒一樣被彈了出去。她重重地摔在馬路上，之後大量出血，看了幾乎讓人暈眩。那個紅色深深烙在我的眼中，始終無法消失。我知道自己闖禍了。如果我不去追她，她就不會失去年輕的生命。但是，即使在那種情況下，我優先想到的是不能因為這件事傷及您的名譽，所以，我向您使眼色，請您千萬別過來。之後，您用盡各種方法不讓我做的事曝光，但是，我最希望您做的事，是希望您能夠療癒我因為害死一個學生所受到的心靈創傷。當西原莊一揭露一切，學生開始攻擊我時，我每天早晨都害怕醒來，但您仍然希望我保持毅然的態度。您對我說，您會處理學生的事，只要撕下西原的假面具，這些風波就會平息，要我再忍耐一下。雖然當時我幾乎快撐不下去了，但還是相信您，遵從您的教導，努力過好每一天。唉，結果發現，您只是一個普通的男人，一個無法克服慾望的醜陋野獸。雖然我如此痛苦，您卻完全不向我伸出援手。我曾經為這件事徵詢您的意見多次，但您總是敷衍了事地回答我。然後，那天我看到了，我看到那個女孩從您的房間走出來。其實我之前就很擔心您是不是喜歡那個女孩，沒想到竟然變成了現實。我立刻醒悟了，您的心已經不再屬於我。當我被學生當成殺人兇手，遭到指責，深陷痛苦時，您卻沉溺於年輕女孩的身體。您能夠瞭解我得知這一切時，內心有多麼悲傷嗎？

灰藤老師，我選擇一死了之。既然知道我之前深信正確的生存方式已經沒有任何意義，我無法繼續走下去。如果您有少許懺悔之意，希望讓我的屍體保留原狀，但我相信您做不到。再見。致偽善者的您。藤江」

我看了兩遍，把紙還給了溝口。

「我有點搞不太清楚，」我說：「這代表御崎因為害死由希子感到痛苦嗎？」

「可以這麼理解，正常的人看到有人用這種方式死在自己面前，很難保持平靜，但本質的問題就是你剛才提到的，」刑警小心翼翼地把紙摺了起來，放進了西裝口袋，「所以，歸根究柢，還是因為感情糾紛。」

「遺書中提到的年輕女孩是誰？」我問了遺書中，最令我在意的事，我覺得心裡好像被什麼沉重的東西卡住了。

刑警沒有回答，清了清嗓子後，改變了話題。

「御崎老師應該是透過電話答錄機把灰藤叫到現場，那天晚上，灰藤參加聚會後回到家中，聽到了御崎老師的留言。不難想像，御崎老師應該留言說，正在三年三班的教室等他。灰藤偷偷前往，看到屍體後應該嚇壞了，再看到屍體脖子上的膠帶，應該更加驚訝。因為膠帶上寫了他所做的一切，所以，他不得不回收膠帶。」刑警已經改變了對灰藤的稱呼。

「御崎根本不需要留下指示，要求他偽裝成自殺。」

真是一個可怕的女人。我輕聲嘀咕。

「但也可以說是一個悲慘的女人，她想到灰藤會看見她的屍體，所以才會把自己化妝得美美的，穿上自己最喜歡的衣服。」

「這麼一想，就覺得很難過……」

「灰藤並不想偽裝成他殺，因為以自殺的方式處理，最能夠逃避警方的追究，但是他想到如果脖子上不可以沒有任何東西，就用女生體育課用的髮帶繞在屍體的脖子上。因為看起來感覺差不多，所以他以為可以瞞過去。」

「雖然他是科學老師，但做事這麼粗糙。」

「沒辦法，因為他當時太慌張了。」刑警苦笑著說。

「灰藤本人已經承認這些事了嗎？」

「嗯，關於這件事，」刑警用小指抓了抓鼻翼，「目前還無法偵訊他。」

「他怎麼了？」我想起他因為腦溢血昏倒的樣子。

「他的意識還很模糊，也無法順利說話，恐怕需要長期奮戰了。」

「是喔。」我仍然對遺書的事耿耿於懷，遺書上提到的年輕女孩到底是誰？這時，我才發現自己忘了問一件重要的事。「那件事呢？水村緋絽子差點被人殺害的事呢？」

「喔，你是說那個。」

「那個……」

「在說明那件事之前，我要先告訴你一件事，你那天不是在鞋箱裡發現了一封信嗎？約你去羅姆&拉姆的那封信。」

「對。」

「不瞞你說，那天警方接到一通電話，密告兇手會出現在羅姆&拉姆咖啡店。雖然我們猜想是假消息，但還是派了兩名偵查員守在現場，最後那兩名偵查員還說，根本沒有人現身。」

「報警？是誰打的電話？」

「那個人沒有自報姓名，但是一個年輕女生。」

「年輕女生？」

「隔天，因為我有點好奇，所以也去了那家店，結果剛好遇到你們。」

「喔，難怪……」我終於瞭解了。川合當時說得沒錯，溝口並沒有跟蹤我。

「當時，你給我看了那封信，我就知道了其中的玄機。寫信和密告都是同一人，但是，你覺得那個人為什麼要這麼做？」

「我覺得是兇手想要讓我沒有不在場證明，」說到這裡，我終於恍然大悟，「不，不是這樣……」

「的確不是這樣。」刑警收起下巴，「你去了『羅姆&拉姆』咖啡店，我們當然會在那裡監視，在這段時間內，發生了那起事件。也就是說，警方可以為你提供不在場證明。」

「這是怎麼回事？為什麼要這麼做？」

「不清楚。」溝口在旁邊的椅子上坐了下來，抬頭看著我，「知道那天晚上會發生事件的人，為你安排了不在場證明，避免警方懷疑到你頭上。那麼，到底誰知道那天晚上會發生事件呢？」

「兇手？」

刑警搖了搖頭，「這次的事件沒有兇手，只有水村同學本人知道會發生這起事件。第二起事件是她的謊言。」

「謊言？她自己打開瓦斯閥，吃安眠藥嗎？」

「我覺得她很有勇氣，因為只要稍有閃失，可能就救不回來了。」

「我無法相信。」

「不，我一開始就懷疑那起事件的真實性，因為那個實驗室的燈一直亮著。如果是他殺，兇手不可能忘記關燈，那根本是故意為了讓別人發現。警衛也說，他是看到燈光，所以才去那裡。」

警衛也這麼對我說。自己聽了警衛的話，卻沒有意識到這件事。我詛咒自己的愚蠢。

「她為什麼要說謊？」

「我首先想到，她想要為你排除殺害御崎老師的嫌疑。水村同學冒著生命危險做了這件事，所以我才會對你和水村同學的關係產生了興趣。」刑警露出得意的表情，我覺得一點都不好笑，所以繼續面無表情。

「但是，我又覺得她不光是想要救你而已，因為灰藤當時的不在場證明也很完美，完美得有點刻意。但既然已經得知了真相，刻不刻意並沒有太大的關係，對我們來說，只要解決御崎老師的事件就好。只要解決了這件事，其他的事問水村同學就好。」

「你問過水村了嗎？」

「昨天晚上，」刑警再度恢復嚴肅的表情，「她承認是她說謊。不，她是說，原本想要自殺，但因為自殺未遂，所以就謊稱差一點被人殺死。自殺的動機是私人原因，所以無可奉告。」

「難以相信。」

「是啊，但是目前並沒有可以進一步追問她的證據，和你一樣，她也試圖隱瞞和你之間的關係，而且，她和灰藤的關係也很不明朗。」

「水村和灰藤……」我又想起了遺書的內容，「灰藤沉溺的年輕女孩是水村嗎？」我不願意想像，所以忍不住皺起眉頭。

「當事人聲稱，」刑警對我說：「她和灰藤老師沒有任何關係，只是學生和老師的關係而已。」

「但是……」我想像不出其他的可能性。

「以我的想像，」刑警單側的臉上露出苦澀的表情，「即使水村同學和灰藤有某種關係，也是她的計謀。」

「計謀？」

「御崎老師在遺書中不是提到，灰藤說要撕下你的假面具嗎？御崎老師認為灰藤只是說說而已，但似乎並不是這樣。因為我們在灰藤的家裡發現了這個。」溝口把手伸進和放遺書不同的口袋裡，拿出一張拍立得的照片。我接過照片，頓時瞪大了眼睛。因為照片中拍的是我。

「這張照片是怎麼回事？」我忍不住大聲問道。

「灰藤應該打算用這張照片平息你們的抗議活動，但最後他並沒有公布這張照片，我認為這和水村同學有關。也就是說，她拜託灰藤不要公布照片。」然後他又補充說：「冒著生命危險。」

「水村……為什麼？」我拿著照片，嘆著氣問。

「當然是為了你。」刑警用充滿確信的語氣說，「她為了消除警方對你的懷疑，不惜做出了危險的行為。只要從這個角度解釋，就覺得她有可能這麼做。只不過讓人覺得，」刑警舔了舔嘴唇，又繼續說：「有人會為了前男友這麼做嗎？你對她而言，到底有什麼意義？對你而言，她又具有怎樣的意義？這是我對這起事件的最大疑問。」

我咬緊牙關，想了一陣子後，抬起了頭。

「這是……我們自己的問題。」

「是啊。」刑警點了點頭，「應該有我們不方便涉入的部分。總之，我們已經破案，既然不是他殺，只要有合理的解釋，再附上資料，我的上司就無話可說了，也因此解決了這件懸而未決的事。」

「這張照片呢？」我出示了手上的照片。

「幸好沒有被其他偵查員看到。」溝口說：「你最好趕快處理掉。」

「沒問題嗎？」

刑警笑了笑，聳了聳肩。「這可是她冒著生命危險，不希望公開的照片，我可不是魔鬼，也不是惡魔。」

「謝謝。」我誠心向他道謝，然後再度看著照片。

照片上的我坐在一家咖啡店發呆，桌上放著菸灰缸。菸灰缸裡有一支看起來像是我抽的菸，前端冒著白煙。

3

和刑警道別後，立刻聽到了鈴聲。我站在一班的教室前，等篠田進走出來。篠田無憂無慮地打了一個大呵欠，和其他同學一起走了出來。我走到他面前說：「喂，跟我來一下。」

「我嗎？」

「對。」

因為我很兇，所以篠田沒有多問什麼，就跟在我身後。

我把那張照片出示在篠田面前。「這是怎麼一回事？」

篠田臉上露出慌亂的表情，接著，眼中透露出內心的膽怯。

「呃，這個……」

「那是你上次找我的時候拍的照片吧。你假裝好心地告訴我，學校方面正在考慮不讓我們棒球隊參加比賽。當時，你自己抽菸，然後把菸放在菸灰缸，中途去了廁所。你老實說，是不是在那個時候拍了照片？」我抓住了他的衣領。

「你先放開我，拜託。放、放開我。」篠田的聲音在發抖，「我會告訴你，全都告訴你。」

我鬆開了手說：「好，那你就給我說清楚。」

篠田吞了口水之後說了起來。

「我、星期天在打工，做機車快遞的工作。」

「那又怎麼樣？」

「被灰藤發現了，他逼我退學。我求他放我一馬，他說，只要我聽他的話，這次就放過我。」

「所以呢？」

「我說我願意為他做任何事，他就叫我去拍你在抽菸的照片。他認定你一定在社團活動室偷抽菸。」

「我不抽菸。」

「是啊，所以在咖啡店時，我看到你不抽菸，忍不住著急起來，但我必須採取行動，結果就拍了一張看起來你在抽菸的照片。拿給灰藤之後，他就說這樣也行。」

「什麼這樣也行！」我生氣地說：「根本是捏造嘛。」

「灰藤並不知道是捏造，我把照片交給他時，他還問我願不願意當證人，證明你曾經抽菸……」

「你說你願意？」

篠田戰戰兢兢地微微縮起下巴。我啞著嘴，驚訝得說不出話。

「和我有關的就只有這些，我完全不知道為什麼灰藤叫我做那種事，我以為他想要抓你的把柄……」

我像趕蒼蠅一樣揮了揮手，「好了，你走吧。」

篠田頻頻瞥向我，快步沿著走廊離去。

我很想把照片撕得粉碎，我們竟然被這張無聊的照片耍得團團轉，但更重要的是，我們周圍的結構讓這樣一張照片可以把我們辛苦建立的東西化為泡影。

簡直錯亂了。我想。絕對有問題。

這天午休時間，我沒有去食堂，就直接去了屋頂。我沒有食欲，我想見緋紹子，想要當面問她。

我隔著鐵網，低頭看著操場，但我看到的是更遙遠的風景。

那年的耶誕節之後，我和緋紹子的關係急速加溫，再加上冬天時，棒球隊的訓練比較少，所以，只要一有時間，我們就頻頻約會。

緋紹子問了很多關於我的事，尤其想要詳細瞭解春美的情況。我隨時都很想和別人談論春美的事，所以充分回應了她的要求。我以為她只是同情春美。

「我能為春美所做的，」我對緋紹子說：「就是在她觀看的棒球比賽中全力以赴，她會比我更加高興。因為她自己做不到，所以把夢想寄託在我身上。」

緋紹子默默地聽我說。

三月後，情況急轉直下。有一天，吃完晚餐後，父親突然問我：

「莊一，你和水村先生的女兒在交往嗎？」

我慌忙把放進嘴裡的甜點吞了下去。

「水村先生……你的朋友？」

父親聽到我的問題，露出尷尬的表情。春美當時不在場，父親當然是挑春美不在場的時候問我。

「你果然不知道。」

「那是誰啊？」我生氣地問，有一半是為了掩飾自己的害羞。

父親露出凝重的表情說：「水村先生是東西電機的專務董事。」

「東西電機……」我呆住了，筷子從手上掉了下來。「真的嗎？」

「今天他打電話給我，我以為是談工作的事，聽到你的名字時，我嚇了一跳。」

「他說什麼？」

「問我們是不是知道你們的事。我回答說，完全不知道，因為我連水村先生的女兒在修文館高中這件事也不知道，水村先生家也是因為他太太最近發現你們在交往才知道的。」

「我們又沒有做什麼壞事。」我用沒有起伏的聲音說，但內心就像遭遇暴風雨的小船翻騰不已。緋紀子是東西電機專務董事的女兒？
東西電機——對我來說，不，對我家來說，是一家具有重大意義的公司。
「當然，我們並不會干涉，只是我想知道你事先是否瞭解。」
「根本沒關係啊。」我把頭轉到一旁。我知道自己在逞強。
「嗯，如果你認為沒關係就好，水村先生得知是你，反而感到安心。因為畢竟是獨生女，他們很擔心女兒和來路不明的男生交往。」
「因為是下游廠商的兒子，所以不必擔心會亂來嗎？」
父親聽了我的話，露出憂鬱的眼神。「水村先生問我並不是這個意思，他說知道是熟人就放心了。」
「總之，不管她的爸爸是誰，都沒有關係。」
「我知道了。」父親點了點頭，喝了一口氣，然後戰戰兢兢地開了口，「但是，水村先生說，想和你見一面。」
「和我？」
「想請你去他家。這個星期天，你有空嗎？」
「我一個人去嗎？」
「當然啊，總不能要我陪你去。」
沒錯。從來沒聽說過這種事。
「不必想得太嚴肅，只是去聊一聊，水村先生只是想看看你而已。」父親露出懇求的表情。我知道他不想惹毛客戶。

「水村專務和那件事有什麼關係？」我問。

父親的臉色有了微妙的變化。「哪件事？」

「那還用問嗎？當然是春美的事。」

「喔，」父親把頭髮向後撥，「這我就不太清楚了。」

回到自己的房間後，我從書架上拿出一本剪貼簿。那是我為春美做的剪貼簿，上面貼了很多剪報和小冊子的影本。

我從剪貼簿上找到了水村俊彥這個名字，更知道這個人是我們最不該原諒的人。

春美的疾病會不會並非只是運氣不好？——六年前，當我們還住在K市時，我們家人開始對此產生了疑問。

我們所住的地區有一位居民發現，這一帶兒童罹患先天性疾病的比例比較高，那位居民在信用金庫跑外務，他在拜訪多位客戶後，發現了這個地區的特異性，他自己的孩子也有心臟靜脈異常。

他和同事持續調查後發現，這種特異性很可能和兩年前發現的地下水遭到污染有關。當時厚生省進行自來水水源調查時，發現數十個水源水井中，有十個水井中的三氯乙烯含量超過WHO和厚生省暫定的基準值，這十口水井中，也包含了飲用水水井。

唯一可能的污染源，就是位在地下水上游的東西電機株式會社的半導體製造工廠，這家工廠每個月平均使用十五到二十公噸的三氯乙烯洗淨半導體，從地下儲存槽漏出來的三氯乙烯很可能是造成污染的原因。

雖然環境證據已經十分齊全，但負責調查的縣政府相關人員聲稱污染原因不明，而且，發現污染時，東西電機已經撤除了三氯乙烯的儲存槽和管線設備，使用溶劑也全面改用1,1,1-三氯乙烷，很顯然在昭告大眾之前，官員和企業勾結，隱瞞了公害的問題。東西電機雖然支付了更換水道和加裝水源淨化設備的相關費用，進行了實質的賠償，但都是以捐贈的名義支付。

正因為如此，所以沒有進行原本應該實施的居民健康調查，在瞭解詳細情況之前就結案了，民眾完全被矇騙。

發現罹患先天性疾病兒童的比例增加後，再度追查了這個問題。那位信用金庫的外務員成立了受害人互助會，提起訴訟，向東西電機提出了損害賠償。公司方面全面否認和罹患先天性疾病兒童增加的因果關係，所以，法律上的攻防持續至今，仍然沒有解決。

事情發生時，我還是個小孩子，深信春美也是受害者之一。母親也這麼認為。雖然工廠離我家有一段距離，但母親也會飲用當地的井水，而且，心臟畸形是那個時期出生的先天性疾病兒童的一個很大的特徵。

但是，父親直到最後都沒有鬆口要加入被害人互助會，只是找到了目前的房子，舉家搬來這裡。

「並沒有確定是東西電機的工廠有問題，即使去抗議，春美的身體也不會好起來。」

當我和母親表達不滿時，父親不悅地這麼勸我們。

我很快就知道了父親在這件事上消極的理由。母親告訴我，父親經營的金屬加工公司，大部分訂單都來自東西電機，一旦對方知道父親加入了受害人互助會，公司的經營就會出問題。

「你應該知道，如果爸爸的公司接不到訂單，不光是我們，就連員工也會很傷腦筋。」母親一臉痛苦地對我說。

即使如此，我還是無法接受。我對父親、對大人的社會感到幻滅。我希望他們能夠為了女兒不顧一切地奮戰，不考慮任何利害得失。

那件事後，我很少和父親說話，也比之前更關心春美。既然父母沒有魄力，無法做任何事，只能由我來保護妹妹。高一時，我自己去參加了受害人互助會的集會，也曾經參加連署。當時，我在空欄內填寫了自己的姓名和學校名字，很希望東西電機的人可以看到我的連署。

但是，當我得知緋紹子的父親是誰的時候，這種反抗心也就消失無蹤了。緋紹子的父親水村俊彥是東西電機半導體工廠的實質負責人，就是他和政府官員勾結，試圖隱瞞高科技污染。

我不由地覺得實在太巧了。首先，我對父親搬來這裡這件事就心有疑問，但很快就找到了答案。這裡在東西電機的總公司附近，公司的高階主管和員工都住在這附近。所以，我們只是從東西電機的分號搬到了大本營附近。仔細想一想就發現，既然父親要接東西電機的訂單，當然會選擇更方便做生意的地方。

我們住在同一個地區，而且我和緋絽子同年，所以就讀同一所學校也不算是太大的巧合。尤其修文館高中是該地區屈指可數的名校，只要緋絽子不讀私立的貴族學校，除了這所學校以外，並沒有其他好高中。

所以，我對這種程度的巧合並沒有太驚訝。

只是我無法瞭解緋絽子和我交往到底是否出於偶然。

我聯絡了緋絽子，她當然已經瞭解了情況。

「我原本向父母隱瞞了你的事，沒想到還是被他們發現了，真對不起，你一定嚇了一大跳吧？」

「是啊。」我在電話中說：「好久沒有這麼驚訝了。」

「我爸說要找你來家裡時，我曾經極力反對，但我爸說無論如何都想見你一面。他只要說出口的事，就不會聽從別人的勸告。」

「好像是，」我嘆了一口氣，「我想問妳一件事。」

「什麼事？」

「妳知道我爸爸的西原製作所嗎？」

她想了一下回答，「知道啊。」

「什麼時候知道的？」

「一開始就知道。」

「所以妳才接近我嗎？」

又是一陣沉默，然後她說：「這件事見面再聊。」

「好，就這麼辦。」我掛上了電話。

我想去見水村俊彥，並不是想要去見緋紹子的父親，而是覺得這是向奪走春美健康的人直接抗議的絕佳機會。父母似乎察覺了我的想法，母親把準備的伴手禮交給我時叮嚀我：「今天不要說一些不必要的話，否則，你們就無法繼續交往了。」我口是心非地答應說：「知道了。」

水村家在高級住宅區中也很特別，如果在鄉下，說是社區活動中心應該也會有人相信。緋紹子出來迎接我。她穿著毛衣和長褲，看起來比聖誕節時小了好幾歲。我忍不住想，也許她在家裡的時候會假裝是小孩子。

走進客廳後沒多久，水村俊彥就走了進來。原本聽說他五十出頭了，但他結實的身體和臉上的紅潤氣色，看起來像四十多歲。

水村心情很好，說了很多話，笑聲不斷，從他不時打量我的冷漠眼神，我知道這些都只是表面工夫。這個世界上任何父親見到女兒交往的對象時，心情都好不起來。

如果持續說一些不痛不癢的話，我相信這次見面會在和諧的氣氛中結束，只是我不想就這樣結束，所以我提到了春美的事，提到了春美的身體和造成她疾病的原因。

水村明顯露出了不悅的眼神，好像在看什麼髒東西，但也許是他的習性，所以嘴角仍然掛著笑容。

「目前並沒有證據顯示，污染的原因是我們工廠造成的。」水村帶著虛假的笑容說。

「但是，你們不是支付了淨化設備的相關費用嗎？這等於是認罪。」我當然不可能懂得運用委婉的方式指責對方，所以咄咄逼人地反擊著。

「說是認罪太離譜了。想要創新時，無可避免地會發生一些意想不到的狀況。所以，這並非認罪，而是既然當地民眾感到不安，那我們就設法消除大家的不安。說起來，也算是一種誠意的展現。」

「那希望你們也對受害者展現這種誠意。」

「我不知道你口中的受害者是指誰，那些自稱是受害人互助會的人擅自認為污染和健康狀況有關，但在醫學上並沒有獲得證實。」

「數據資料已經充分顯示出這樣的結果。」我大聲地說：「我妹妹也是其中之一。」

「我很同情你妹妹，但不能擅自怪罪到我們頭上，我勸你稍微冷靜一下。不要受所謂的受害人互助會的挑撥，他們只是找一些歪理勒索金錢，就和那些製造假車禍的人一樣，故意把生病的小孩帶到談判的場合，但其實他們充分享受了工廠製造的高科技產品的恩惠。如果半導體技術不進步，窮人根本買不起電視。」

我並不是因為在水村家的客廳，也不是因為擔心對父親的公司造成影響，所以才沒有動手打水村，而是我眼角掃到緋紹子一臉害怕的表情，終於讓我克制了衝動。

不一會兒，水村推說有事，走出了房間，還對我說了聲：「慢坐。」當然，他的語氣像冰塊般冷漠。

我也立刻站了起來，「我回家了。」

緋紹子並沒有挽留我，把我送到了門口。從玄關到大門有一小段距離，我們可以邊走邊聊。

「對不起。」一走出家門，她立刻向我道歉，「我爸爸有問題，把靈魂出賣給名叫公司或是工作的惡魔。」

「我早就猜到他是這種人。」我看著前方回答。

緋紹子沉默片刻說：「爸爸曾經收到被害者互助會的連署影本，」她說話的語氣和剛才不一樣，「其中有你的名字，因為和我同一所高中，所以我才注意到你。」

我立刻知道，她說的是我在高一時參加集會時的連署。

「所以妳才接近我嗎？」

「因為我想知道詳細的情況，想要知道受害者的詳細情況。爸爸從來不告訴我。」

「受害者的事……喔。」原來不是想瞭解我。我在心裡說。

「我知道我爸爸做的事很過分，見到你之後，我充分瞭解了這一點，所以，我想做我力所能及的事，表達我內心的歉意。我是說真的。」

「原來是這樣。」我停下腳步看著她，「我好像產生了很大的誤會，原來妳同情我。」

「也不是說同情……」她似乎在思考該如何表達。

「沒關係，」我再度邁開步伐。「不用再說了。」

「西原。」

「妳不必同情我，況且，妳根本沒資格指責妳父親，妳吃的、穿的和住的房子，不都是用他賺的錢買的嗎？妳同情受害者，只是千金小姐閒著無聊罷了。我才不需要這種同情，反而讓我覺得自己更悲哀。」我走過大門後，頭也不回地舉起手說：「再見。」

我知道自己受了傷。比起對水村俊彥的憤怒，得知和緋絽子之間的關係只是我的一廂情願更令我內心動搖不已。

隔天，父親回家時愁眉不展，似乎有話想要對我說，我搶先開了口。「我以後不會再和水村的女兒見面了。」

「是嗎？……」父親似乎鬆了一口氣。水村一定對他說：「叫你兒子別再和我女兒見面了。」

之後，我開始自暴自棄。我熱中於棒球，努力忘記不愉快的事。即使訓練結束之後，也遲遲不想回家。我對世上的一切感到生氣。

就在這時，宮前由希子走進了我心靈的縫隙。

4

十五分鐘後，緋絽子出現了。今天沒有風，她不需要按住頭髮。她看到我也沒有太驚訝。

我們面對面默默地站了一會兒。內心有許多感慨，各式各樣的話語在腦海中打轉。

這份混亂需要一點時間才能夠平息，至少對我而言是這樣。

「這張照片，」我拿出了那張照片，「他們還給我了。」

緋紹子聽到這句話，立刻知道我瞭解了多少內情，她微微露齒而笑，「太好了。」

「看來灰藤原本打算公開這張照片，逼迫棒球隊退出公式賽，大家就會對我有負面印象，為由希子的事展開抗議活動的人也會安分下來。」

「沒錯。」

「妳，」說到這裡，我搖了搖頭，「緋紹子，妳是什麼時候知道灰藤他們的企圖的？」

「灰藤老師拿到這張照片後，因為他給我看了照片。」

「他為什麼給妳看？」

「灰藤老師，」緋紹子笑了起來，「什麼事都會告訴我。」

「好像是，」我說：「所以呢？」

「我覺得大事不妙，想要做點什麼，所以我去了。」

「去哪裡？」

「去灰藤老師家裡，」緋紹子毫不猶豫地回答：「我謊稱要和他討論天文社的事。」

我站在那裡說不出話。

「我一走進他家，他就興奮不已。想要說話時，也忍不住結巴，即使我們面對面坐在桌前，他也坐立難安。我和他討論天文社的事，他始終心不在焉。」

「然後呢？」我心情沉重地問他。

「然後，我突然問他，」緋紹子直視著我的眼睛說，「我問他，老師，你喜歡我嗎？」我感到全身發熱，汗水從太陽穴流了下來，我用手背擦著汗水。

「他怎麼回答？」

「他一下子說不出話，」緋紹子只有嘴唇在笑，「之後就慌張起來，說了一些莫名其妙的話。說我怎麼可以問這種問題，老師和學生之間根本不存在這種東西。」

「我不難想像他的樣子。」

「我不理會他，繼續自顧自說，如果老師喜歡我，希望老師可以答應我一個要求，只要老師答應我，我可以為老師做任何事。」

「灰藤……提出什麼要求？」

「他什麼都沒說，我猜想他一定太緊張了。所以，我就躺在沙發上，閉上了眼睛。」不知道是否想起了那時的事，緋紹子閉上眼睛，過了一會兒，又張開了。「我覺得自己聽到了他心跳的聲音。」

「他那時候竟然沒有腦溢血。」我故意開玩笑說，雖然我不希望她察覺我內心的慌亂，但聲音還是忍不住發抖。

「他走了過來。」

「好了，不用再說了。」我打斷了她，「我不想繼續聽下去。」

「是嗎？」

「嗯，我知道了，」我握緊拳頭，心裡很不舒服，「我不想聽。」

一陣微風吹來，緋紹子似乎站在上風處，我聞到了淡淡的洗髮精味道。

「他，」緋紹子說：「什麼都沒做。」

「呃……」

「他什麼都沒做，或者說是做不到吧。他走到我身旁，想要脫我的衣服，但中途改變了主意，轉身離開了。然後發出像野獸般的叫聲，在房間內走來走去，還用力抓自己的頭髮。」

「是在天人交戰嗎？」

「不知道，也許吧，最後他親了一下我的手，大聲哭了起來，然後不停地說：『不行，不行，這樣不行！』」

我在想，他是不是不舉，但沒有說出口。

「他哭了一會兒後問我，我的要求是什麼。我就說了照片的事，希望他不要公布照片。他很納悶地問，為什麼我要這麼做。我沒有回答，他似乎猜到了我和你的關係，對我說，那個學生粗野又粗暴，根本不適合我，叫我不要和你來往。」

「那個死老頭子。」我在心裡撕開灰藤的臉，「結果呢？」

「他叫我隔天再去一次。」

「妳去了嗎？」

「我去了。這次他主動想要抱我，可能他煩惱了一整晚吧，但也只是稍微碰了一下我的身體，就心情煩躁地走開了。之後又和前一天一樣，像熊一樣在房間裡走來走去，發出嗚嗚嗚嗚的聲音。當時的景象有點異樣，時間就這樣慢慢過去，當我準備回家時，他又說了同樣的話。」

「叫妳第二天再去嗎？」

「對，所以我又去了。之後幾乎每天都去找他。」

御崎藤江似乎看到了她出入灰藤家中。

「灰藤每次都撲到妳身上嗎？」

「沒有。第三天之後，他就什麼都沒做，叫我坐在他旁邊就好，有時候好像突然想起來似的抱我一下，但就像是小孩子抱媽媽的感覺。」

「真噁心，我不願去想像。」

「當時我就在想，他也是一個可憐人。」緋紹子的視線在空中飄忽著。

我們之間陷入了奇妙的沉默。

「妳一開始就知道御崎是自殺嗎？」我問。

她搖了搖頭，「我不知道，直到他叫我說謊的時候才知道。」

「說謊……我就知道。所以，是妳把信放在我的鞋櫃裡，也是妳打電話跟警方告密……」

緋紹子鬆了一口氣後點了點頭，「灰藤老師很擔心沉在水池裡的啞鈴，那天他看到你和刑警溝口在校舍後方說話，覺得御崎老師自殺的玄機早晚會曝光，所以叫我說謊，讓警方認為之前的事件也是他殺。之所以特地使用瓦斯閥，也是為了和御崎老師死亡的現場有共同性。仔細想一想，就覺得他的方法很不聰明，但我打算趁這個機會證明你的清白。」

「為什麼？」我問她：「為什麼要這麼幫我？」

緋紹子連續眨了好幾次眼睛，遙望遠方的天空後，再度轉頭看著我。

「因為我很懊惱你居然不相信我。我真的覺得必須代替父親彌補。我一直在思考，如何才能證明我的痛苦不是像你說的那樣，只是千金小姐閒著無聊，自從和你分手之後，我一直在想這件事。」

「緋紹子……」

「西原，你不是說，想讓你妹妹看你的比賽，這是你唯一能為她做的事嗎？既然這樣，我現在能夠做的，就是避免這個夢想遭到破壞，我相信這麼做，能夠得到你的認同。」緋紹子用制服的袖子擦了擦眼頭，「由希子的事，我也不是完全沒有責任，而且我也傷害了你。」

緋紹子。我又叫了一聲，但這次沒有發出聲音。

我必須承認，自己故意透過這一連串的事折磨緋紹子。當初承認自己是由希子肚子裡孩子的父親，被當成命案嫌犯時，假裝自己是由希子的男朋友，都有一部分是為了做給緋紹子看，我想讓她知道，是她把我害得這麼慘——我醜陋地如此主張。這和被女生甩了之後去整惡對方沒有太大的差別。

她拯救了我。雖然她沒有任何責任。

「西原……」緋紹子小聲叫著我的名字。她的臉頰濕了。
我拿出手帕說：「謝謝妳。」

5

說完所有的事之後，我在活動室的椅子上坐了下來。除了我以外，只有川合一正和楢崎薰在活動室。
「你揍我吧。」我對川合說：「我對由希子的心意並不像你這麼正派，你有資格揍我。」
薰低著頭，一動也不動，川合在狹小的活動室內走來走去。他們兩個人都不發一語，室內只聽到川合的釘鞋聲音。
「怎麼了？」我問：「如果是我就會揍你。」
川合終於停下腳步，我做好了心理準備，用力繃緊肚子。
川合拿起一旁的棒球，他的左手不停地顫抖。他瞪大了原本就很大的眼睛，用力把球扔了出去。球命中我的置物櫃，發出巨大的聲響，表面凹了一個洞。
「川合……」薰叫了他一聲。
「我原諒你。」川合說完，快步走出活動室。
我和薰互看了一眼，薰對我嫣然一笑。

七月十日，我們在縣營球場進行比賽。這是地區預賽的第一輪比賽，對方是想要爭取參加全國大賽的強隊，大家都責怪我的抽籤運實在太差了。

王牌投手川合的左手拚命投著速球，但不知道為什麼，都命中對方打者的球棒中心，即使偶爾沒有擊出安打，球也都飛到剛好沒有野手的區域。

即使如此，我們仍然樂在其中。能夠參加比賽就是一件開心的事。

原本以為會提前結束比賽，但我隊的打線也很努力，總算撐到了第九局。四號打者吉岡打了一個界外球被三振後，為我們的社團活動畫上了句點。

「明天就得開始用功讀書，準備考大學了。」近藤脫下帽子說。他的頭髮比其他隊員長，他已經搶先一步留長頭髮了。

收拾完畢，離開球場時，父親的車子駛了過來，春美在車上向我揮手。

「太可惜了。」

「我們的實力差不多就是這樣。」我說。

「哥哥。」

「嗯？」

春美在車上向我鞠了一躬，「這三年你辛苦了。」

我苦笑著說：「上大學之後，我也要繼續打棒球。」

「真的嗎？太棒了。」春美在臉前握住雙手，然後好像突然發現似的指著我的背後問：「她是誰？好漂亮。」

我回頭一看，緋紹子笑著走了過來。

「她拿著你的毛巾，是你的女朋友嗎？」春美露出調皮的眼神。

「不是，」我對她擠眉弄眼地說：「是我同學。」

後記

我從讀小學時就超討厭老師，總覺得為什麼這些大叔、大嬸總是這麼盛氣凌人，我對這件事感到相當不滿。我在他們身上完全找不到任何值得尊敬的部分，這些人卻被尊稱為「老師」也讓我很火大。最讓我無法忍受的是，他們自以為自己是很出色的人。

「社會沒有你想像的這麼好混。」

曾經有老師經常把這句話掛在嘴上，每次我都忍不住覺得「你自己大學畢業就當了老師，對學校以外的事不也是一無所知嗎？」同學之間也經常說：「這些人是不敢在大人社會打滾的膽小鬼，所以才來當我們小孩子的老師。我才不想讓這種人覺得在教育我們。」

因為抱著這種心態，所以在畢業被強迫唱〈仰望師恩〉時，厭惡得幾乎想要嘔吐。什麼「師恩」？我覺得根本沒那種東西。

但是，仔細想一想，發現自己討厭的並不是老師而已，對周圍所有的大人都感到火大。他們只對色、慾和金錢有興趣，看到我們這些小孩子，就想要裝腔作勢地教訓一番，於是就得意洋洋地說一大堆陳腔濫調，完全沒有察覺小孩子已經聽得很不耐煩了，最後還說什麼「趁年輕時好好讀書」，讓人忍不住想要問：「你自己到底讀了多少書？」

我覺得每個人都只是苟活了多年的笨蛋，想到被這種人看不起，就忍不住像刺蝟一樣全身長刺。

隨著歲月的流逝，現在輪到自己到了被人討厭的年紀。回過神時，發現刺蝟的刺都磨圓了，我也搞不清楚這到底是好是壞，有一點可以確定，就是現在的自己很寂寞、很感傷。

我就是帶著這種心情寫了這部小說。這是繼出道作品《放學後》，第二部本格校園推理，老實說，寫得很辛苦。因為實在寫得太辛苦了，第一次忍不住寫一下「後記」。

東野圭吾

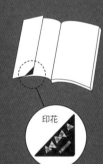

□集滿4個印花贈品（二款任選其一）：

A：【推理謎】LOGO皮質燙銀典藏書套一個
（黑色，25開本適用，限量1000個）

B：【推理謎】吉祥物『獨角獸』圖案皮質燙金典藏書套一個
（咖啡色，25開本適用，限量1000個）

□集滿8個印花贈品（二款任選其一）：

C：【推理謎】LOGO皮質燙金證件名片夾一個
（紅色，11.5cm x 8.6cm，限量500個）

D：【推理謎】吉祥物『獨角獸』圖案環保購物袋一個
（米色，不織布材質，41.5cm x 38.6cm，限量1000個）

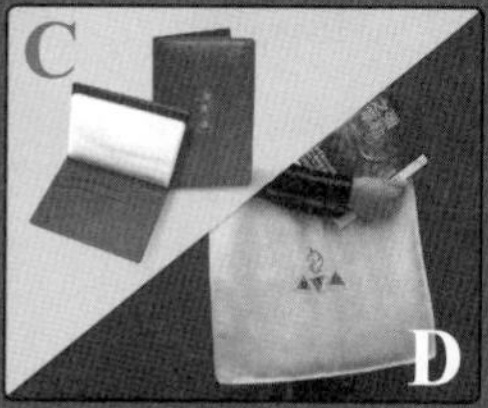

□集滿12個印花贈品（二款任選其一）：

E：【推理謎】LOGO不鏽鋼繩鑰匙圈一個
（限量500個）

F：【推理謎】吉祥物『獨角獸』圖案馬克杯一個
（白色，320cc容量，限量500個）

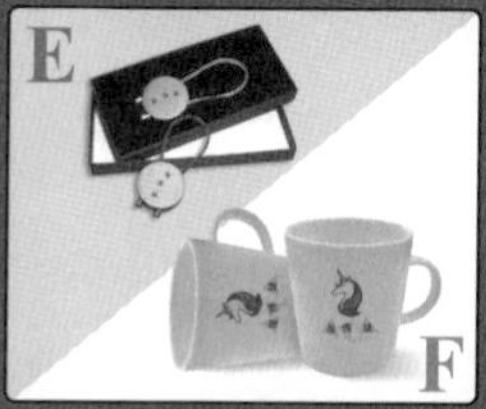

謎人俱樂部會不定期推出最新限量贈品提供兌換，
請密切注意活動官網和粉絲專頁。

【注意事項】
◎本活動僅限台灣地區讀者參加。
◎贈品兌換期限自即日起至2021年12月31日止（以郵戳為憑）。
◎贈品圖片僅供參考，所有贈品應以實物為準。
◎所有贈品數量有限，送完為止。如讀者欲兌換的贈品已送完，皇冠文化集團有權直接改換其他贈品，不另徵求同意和通知。贈品存量將定期在【謎人俱樂部】活動官網上公佈，請讀者在兌換前先行查閱或直接致電：（02）27168888分機114、303讀者服務部確認。
◎皇冠文化集團保留修改或取消謎人俱樂部活動辦法的權利。辦法如有更動，將隨時在【謎人俱樂部】活動官網上公佈。

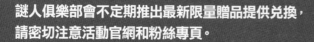

國家圖書館出版品預行編目資料

同級生／東野圭吾著；王蘊潔譯.-- 初版.-- 臺北市：皇冠，2015.01　面；公分.--
（皇冠叢書；第4444種）（東野圭吾作品集；21）

譯自：同級生
ISBN 978-957-33-3128-5（平裝）

861.57　　103025588

皇冠叢書第4444種
東野圭吾作品集 21

同級生

同級生

作　　者—東野圭吾
譯　　者—王蘊潔
發 行 人—平雲
出版發行—皇冠文化出版有限公司
台北市敦化北路120巷50號
電話◎02-27168888
郵撥帳號◎15261516號
皇冠出版社（香港）有限公司
香港上環文咸東街50號寶恒商業中心
23樓2301-3室
電話◎2529-1778 傳真◎2527-0904
責任編輯—許婷婷
美術設計—王瓊瑤
著作完成日期—1996年
初版一刷日期—2015年01月
初版九刷日期—2020年10月
法律顧問—王惠光律師

讀者服務傳真專線◎02-27150507
電腦編號◎527018
ISBN◎978-957-33-3128-5
Printed in Taiwan
本書定價◎新台幣300元／港幣100元

謎人俱樂部贈品兑換卡

我要選擇以下贈品（須符合印花數量）：□A □B □C □D □E □F

1	2	3	4
5	6	7	8
9	10	11	12

【個人資料蒐集、利用及處理同意條款】

您所填寫的個人資料，依個人資料保護法之規定，皇冠文化集團將對您的個人資料予以保密，並採取必要之安全措施以免資料外洩。您對於您的個人資料可隨時查詢、補充、更正，並得要求將您的個人資料刪除或停止使用。

本人同意皇冠文化集團得使用以下本人之個人資料建立該集團旗下各事業單位之讀者資料庫，做為寄送出版或活動相關資訊、相關廣告，以及與本人連繫之用。本人並同意皇冠文化集團可依據本人之個人資料做成讀者統計資料，在不涉及揭露本人之個人資料下，皇冠文化集團可就該統計資料進行合法地使用以及公布。

□同意　　□不同意

我的基本資料

姓名：＿＿＿＿＿＿＿＿

出生：＿＿＿＿年＿＿＿＿月＿＿＿＿日　性別：□男 □女

職業：□學生 □軍公教 □工 □商 □服務業

□家管 □自由業 □其他＿＿＿＿＿＿＿＿

地址：□□□□□＿＿＿＿＿＿＿＿

電話：（家）＿＿＿＿＿＿＿＿（公司）＿＿＿＿＿＿＿＿

手機：＿＿＿＿＿＿＿＿

e-mail：＿＿＿＿＿＿＿＿

我對【東野圭吾作品集】系列的建議：

寄件人：

地址：□□□□□

北區郵政管理局登

記證北台字1648號

免 貼 郵 票

〔限國內讀者使用〕

10547

台北市敦化北路120巷50號

皇冠文化出版有限公司　收